D1986515

Die Literareon
Lyrik-Bibliothek

Band V

Die Literareon Lyrik-Bibliothek
Herausgegeben von Anja Zimmermann

Bibliografische Information Der Deutschen Bibliothek

Die Deutsche Bibliothek verzeichnet diese Publikation
in der Deutschen Nationalbibliografie; detaillierte
bibliografische Daten sind im Internet über
http://dnb.ddb.de abrufbar.

© 2006 · Herbert Utz Verlag

Gestaltung: Thomas Roediger
Satz: Martin Heise

Printed in Germany

Literareon im Herbert Utz Verlag GmbH
Adalbertstraße 57 · 80799 München
Tel 089-30 77 96-93 · www.literareon.de

ISBN-10: 3-8316-1253-6
ISBN-13: 978-3-8316-1253-6

Vorwort

In seinem Vortrag »Lyrik wozu?« zur Eröffnung der Freudenstädter Literaturtage sagte Marcel Reich-Ranicki:
»Es gibt Millionen Menschen, die noch nie ein Gedicht gelesen haben, und sie leben auch. Aber besser lebt es sich mit ihnen.«
Mit Lyrik leben – das bedeutet heutzutage, sich mit ihr wieder anfreunden zu müssen, es setzt Kennenlernen voraus. Und was wäre dazu geeigneter als eine Anthologie? In ihr begegnet uns eine Vielfalt an Themen, die uns anzusprechen vermögen, die lyrisch interessant aufbereitet sind, die Tuchfühlung zum Nächsten geben können, zur Gesellschaft, zur Natur, die auch helfen, sich wieder selbst zu entdecken.
Der vorliegende Band sieht sich als Sammelpunkt und Sprachrohr der Vielfalt zeitgenössischer Schreibweisen von Lyrik. Er lässt einerseits die Spannweite und Eigenart der lyrischen Dichtung, andererseits Kontinuität und Wechsel der lyrischen Gattungen, Formen und Motive erkennen. Gezeigt werden soll die ganze Breite der zeitgenössischen Produktion: Neben dem Kunstgebilde steht Gebrauchspoesie, neben bekannten Motiven und Themen das zu Recht oder Unrecht Vernachlässigte. »Naive« Naturlyrik oder dadaistische Wortspiele, die nur noch Sprache, nicht Bedeutung sein wollen, reine Impressions- oder reine Expressionslyrik, gegen-ständliche, erzählerisch-balladenhafte oder sinnlich-emotionale Gedichte stehen bewusst durch- und nebeneinander.
Die Bandbreite der Themen reicht von Natur- und Eindrucksschilderungen, Geistlichem und Mythischem über Seelenforschung und die Schilderung innerer Zustände wie Liebe und Trauer, Hoffnung und Glaube, Angst und Schmerz, Enttäuschung, Nähe und Distanz bis hin zum Wort und zur Sprache selbst.
Ebenso unterschiedlich wie die Themen sind Herkunft und Lebensgeschichten der Autoren. So fließen in die einzelnen Gedichte verschiedene Lebenseinstellungen, Sichtweisen und Intentionen mit ein.

Wer das Buch zur Hand nimmt, wird eventuell bestimmte Themen vermissen, Gedichte finden, die ihn ansprechen, aber auch andere finden, die sich ihm nicht gleich erschließen. Diese Klippe kann keine Sammlung vermeiden, die zu vielen Menschen sprechen und gerade die unterschiedlichen Facetten zeitgenössischer Lyrik repräsentieren möchte. Sollten Sie also durch die Gedichte des vorliegenden Bandes einige Anregungen erhalten haben, vermisste Themen ergänzen oder neue Gedanken einbringen wollen, Ihre Gedichte sind uns jederzeit gerne willkommen.
Lyrik – man kann sie nicht einfach herunter lesen, denn sie lädt ein zum Verweilen, zum Innehalten und zum Nachsinnen. Einige solcher Anstöße haben wir hier zusammengetragen.

München im Mai 2006
Anja Zimmermann

Folgende Gedichte wurden von Literareon mit einem Bücherpaket prämiert:

1. »Zur Lage des deutschen Sinfonieorchesters«
   von Lino Wirag (S. 256)
2. »Ohne Titel«
   von Hans-Karl Fischer (S. 63)
3. »Das Tor«
   von Hermann Wischnat (S. 257)

Berufs Richter / Frühling / Utopie | *Richard Albrecht*

»Berufs Richter
-;>])
verrobte
Staatsbeamte«

»Frühling
-:>))
Vögel
menscheln«

»Utopie
-:>))
Deutschland schweijkt«

Richard Albrecht lebt als Ed. »rechtskultur« und freier Autor in Bad Münstereifel.

Hab eine Blume gefunden,
denk an mich
und pflück sie nicht

Auf deiner Haut ruht sich
ein Schmetterling aus,
denk an dich
und lass ihn fliegen

Blutgetränkte Erde,
ist der Sieg des Friedens
nur ein sehnsuchtsvoller Traum?

STILLE

Im Garten Eden findet die
Beschwerlichkeit ihr Ende,
umschlungen von der
Leichtigkeit,
ruhen wir uns ewig aus

Susanne Ulrike Maria Albrecht, 1967 in Zweibrücken geboren, absolvierte eine Ausbildung zur Schauwerbegestalterin und eine private Schauspielausbildung. Von ihr erschien bereits der Band »Umkehr ausgeschlossen«. Auch wurden einige ihrer Werke in verschiedenen Anthologien und Literaturzeitschriften veröffentlicht.

Lasten | *Thomas Arnold*

Die Wände tragen Schatten,
gemacht aus Kerzenlicht,
welches auch mich
sanft und weich umgibt.

Die Straßen tragen Menschen,
die sich selbst gemacht.
Ich gehe dahin mit dem,
was ich gerettet hab.

Schultern tragen Lasten,
welche nicht die meinen sind.
Ich fühle meine Sanftheit,
in der ich schutzlos bin.

Der Raum hier schenkt mir Töne,
die führen mich dort hin.
Zurück an jenen Ort,
wo meine Wurzeln sind.

Ich werde mich bekennen,
zu meiner wahren Schuld.
Ich werde mich abtrennen,
von Mutters Ungeduld.

Ich bin so weich wie Wasser,
ich bin so groß wie Stein,
und fallen tausend Tropfen,
werde ich der Meine sein.

Thomas Arnold wurde 1980 in Leisnig geboren und lebt heute in Döbeln. Bereits mit 16 Jahren trat er als Gitarrist und Sänger in einer Band auf, mit 21 Jahren folgten erste Solo-Auftritte. Bereits in seiner Jugend begann er Gedichte zu schreiben, um starke emotionale Erlebnisse zu verarbeiten.

Anno 2005 | *Yvonne Arras*

Immer im Kreis herum.
Tagein, tagaus.
Hoffen und bangen. Warten.
Glück und Pech versuchen sich
Gegenseitig zu übertreffen.
Ein Spiel.
Aussicht auf Erfolg
Schlägt Risiko.
Das Scheitern ist vorprogrammiert.
Es trifft ein.
Traurigkeit. Verlust.
Eine neue Runde
Ohne Hoffnung.
Risiko maximal.
Hoffen und bangen. Warten.
Erneutes Scheitern,
Es trifft nicht ein.
Der Sieg.
Höher als erwartet.
Freude. Gewinn.
Gib die Hoffnung nicht auf,
Beende dein Spiel.

Yvonne Arras arbeitet seit 2002 als freie Mitarbeiterin bei einer regionalen Zeitung. Ihre Werke wurden bereits in verschiedenen Anthologien veröffentlicht. Ab April 2006 wird sie das Studium der Literaturwissenschaft an der Universität in Tübingen aufnehmen.

War es nicht kleinlich, es als Grösse zu sehen? | *Robert Auer*

War es nicht Ignoranz, was souverän uns schien,
blind in Gefühle zu fliehen, im Glück zu knien,
uns hochzuziehen?

War es nicht Ohnmacht, einander hinzugeben,
nach dem Himmel zu streben, doch am Boden zu kleben,
nicht wirklich abzuheben?

War es nicht Feigheit, nur die Sehnsucht zu heilen,
unser Herz nicht zu teilen, auseinander zu eilen,
sich abzuseilen?

War es nicht Arroganz, alles in Frage zu stellen,
das Dunkel zu erhellen, das Schicksal zu prellen,
ein schnelles Urteil zu fällen?

War es nicht kleinlich, es als Größe zu sehen,
uns zu gestehen, eigene Wege zu gehen,
zum nächsten Leben?

Robert Auer, in Thüringen geboren, ist Dipl.-Ing. der Elektrotechnik und schreibt seit einigen Jahren Gedichte und Kurzgeschichten. Sein Gedicht »Bonsai« ist in Band IV der Lyrik-Bibliothek bei Literareon erschienen.

Herbstwind | *Sebastian Balcerowski*

Der Oktober verängstigt die Welt,
Die da noch kälter steht
Der Oktober erkältet sich zur falschen Zeit,
Und hustet kohlige Lebkuchen.

Morgens tret ich gesund aus dem Bett
Die Einkaufsmeile längst eröffnet
Die Verkäufer haben übernachtet wohl gut im Geschäft
Die Türen nur kurz verschlossen zum Klirren der Nacht,
Dass nicht die anderen Kunden eindringen,
Die nicht kommen mit den Glückssteinen Geld.

Eine Frau kniet weit weg auf dem Boden
Mit einem einzigen Pappbecher in der Hand.
Dahinter türmen sich unsere in hohen Abfallhaufen.

Horch nur auf, der verfrühte Start ist schnell vollzogen
Das neue Jahr ertränkt in Vorsätzen
Und schnell noch den Ablass in der Christmette geholt
Dann geht das Leben stehend weiter.

Die Osterhasen hoppeln schon längst im Frühlingskostüm
Das Fest der Liebe entlässt seine Gäste ungesättigt in falscher Liebe.
Und warum soll
es noch besonders sein, bleiben
Weih-Weiß-Wiss-Wehnachten.

Am Ende liegt da nur noch der Pappbecher
Und nichts mehr sonst
Wo ist der Mensch dahinter?
Wo ist sein Nächster?
Oh, weit weg!
Im kratzigen Fell der Konsumliebe.

Sebastian Balcerowski, 1986 geboren, besucht derzeit die 12. Klasse des Helene Lange Gymnasiums Fürth. Eine erste Auswahl seiner Gedichte wird im Rahmen des Gedichtwettbewerbs »Werte, Kultur und Wirklichkeiten« von Marko Ferst in dem Band »Erinnerung an Licht« erscheinen. Geplant ist auch, einen Roman über Schule und Mobbing zu veröffentlichen.

Liebe | *Eva Barberá del Rosal*

Hallo die Sonne
Hallo die Erde
Ich suche meinen Mond.
Er ist eine Hexe.
Genau!!
Er reist wie alles.

Eva Barberá del Rosal kommt aus Córdoba, Spanien. Sie schreibt Lyrik und Romane in verschiedenen Sprachen: Englisch, Französisch, Deutsch, Italienisch und Spanisch.

OHNE TITEL | *Thomas Barmé*

denn
noch
jenseits aller
antwort
die stille
die stunde
die höhle
ich
mein aug
an der grenze versäumt
es bleibt
im stich
gelassen

Thomas Barmé lebt in München, wo er an der Kunstakademie Malerei studiert hat, außerdem Psychologie und Philosophie. Neben seiner künstlerischen Tätigkeit arbeitet er heute als Psychoanalytiker.

Gipfelblick.
Leicht schmiegen Wolken zärtlich
berührend – die sanften Landschaftshügel.
Verabschieden die fliessendwirkenden
Höhengrenzen.

Sonne glitzert friedlich
übers Tal auf die imposanten Berggipfel.
Vögel ziehen andächtig leise
ihre Erkundungsrouten.

Menschen wachsen scheinbar optisch groß,
beim Erreichen ihres Tourenziels.

Berggipfelblick –
breitet üppig reich seine Naturarme aus.
Wertvolle Winzigkeitsperlen voller Kostbarkeiten
des wärmenden Glückes, blühender Freude,
unendlicher Liebe für diese schöne Welt
und tiefe Dankbarkeit
beschenken uns –
in aller Dimensionsvielfalt und
        innerer Kraft!

Gipfelblick.
Lässt uns die Herrlichkeit des irdischen Lebens spürbar klar
        erkennen!

Beate Loraine Bauer, 1963 in Kempten geboren, schreibt seit ihrem 12. Lebensjahr Gedichte. Die Autorin hält erfolgreich Lesungen und hat bereits einige ihrer Werke veröffentlicht. Mit ihrer Lyrik will sie die Leser sanft berühren.

Der menschliche Zwiespalt | *Linda Bauer*

An des Meeres Küste einsam
Auf des Berges Gipfel allein
Tief wie das Wasser der Schmerz
und auch rein
Die Seel' will sich lösen
von Ketten der Pein

Doch kann die Liebe dem Hass nicht entfliehen
'S gibt kein' Tag ohne Nacht
Keine Freud' ohne Leid
Weder Sieg ohne Verlust
Noch ein Mein ohne Dein
Denn der Mensch kann ohne Zwiespalt nicht sein.

Die Autorin Linda Bauer lebt in Ebensfeld/Oberfranken.

Liebeserklärung | *Ines Sonja Beck*

Dein Geruch ist mir vertraut, erinnert mich an Kindertage –
gierig sauge ich ihn ein, um ihn für die Ewigkeit zu konservieren.
Dein buntes Kleid ist schön anzusehen und doch wirst Du es
eintauschen in nicht allzu langer Zeit.
Dann wirst Du Weiß tragen und ebenso schön erstrahlen.

Am Morgen liebe ich Dich besonders, still und erhaben liegst Du
dann vor mir, bereit, mich aufzunehmen.
Ich möchte die Zeit, die wir miteinander verbringen, nicht missen,
Du gibst mir die Kraft, den Tag zu überstehen.

Und wenn ich auch gehen muss, ich komme wieder recht bald,
denn ich liebe Dich auf immer, Du schöner – mir vertrauter – Wald.

Die Autorin lebt in der Nähe von Weimar und ist als Sekretärin in einem Klinikum tätig. Neben Lyrik schreibt sie auch Kindergeschichten.

Es waren zwei alte Damen,
die hatten als Hobby das Kramen.
Sie kramten in den Taschen rum,
in Schubladen, Schränken und Hosen,
ihre Finger waren vom Kramen ganz krumm,
sie kramten sogar in Dosen:
Von unten die Ravioli nach oben,
die Aprikosen rührten sie um,
sie ordneten, sortierten und schoben
den ganzen Tag ihre Sachen herum.

Doch eines Tages mussten sie sterben.
Zu Grab getragen in ihren Särgen
wurden sie in der Erde verscharrt,
das Holz hat geächzt und geknarrt.
Dort hinter dem Hügel neben den Eichen,
dort ruhen sanft ihre Leichen.

Komm, ich zeig dir das Grab dieser Leute,
und wenn kein Halm weht,
du lauschst und nichts sich bewegt,
vielleicht hörst du sie kramen noch heute.

Mareike Beer wurde 1980 geboren und studierte Erziehungswissenschaften und Literaturwissenschaften an der Universität Osnabrück. Bisherige Veröffentlichungen in: Noch-mehr-gute-Nacht-Geschichten (Wurdack Verlag 2005); Liebestrauer (Lerato Verlag 2005).

Der Tag, die Tage … | *Heinz Behnke*

Da war am Abend zuvor
dein fester Entschluss,
den kommenden Tag
besser zu nutzen und zu gestalten …

Dann kam er selbst, der neue Tag
mit seiner eigenen Empfindlichkeit,
den zufälligen, wichtigen und
nichtigen Belangen …

Am Abend beschämt die Bilanz
deine vergebliche Mühe …
Du beschließt die Vorsätze
für morgen!

Heinz Behnke ist Fachschuldozent und Diplom-Kulturwissenschaftler. Drei seiner Gedichte wurden bereits in der Lyrik-Bibliothek I, III und IV veröffentlicht. Außerdem erschienen verschiedene seiner Gedichte in anderen Anthologien und Jahrbüchern.

Heimweh | *Maria-Csilla Bekes*

So brüchig die Existenz auf den Wellen,
so fliessend der Übergang zum Tod,
so wenig Heimat an den weiten Feldern,
so eng die Luft in meinem Bergdorf.

Die Finger weinen langsame Gedichte,
der Mund gebärt Lieder die befrei'n.
Wär' schön einen Brunnen in dem Dickicht zu erblicken,
und ausführlich, ohne Grund zu schrei'n.

Dr. Maria-Csilla Bekes, 1970 in Siebenbürgen geboren, wanderte 1990 nach Deutschland aus. Seit 6 Jahren arbeitet die Autorin als Ärztin in der Psychiatrie und Psychotherapie, zunächst in Südamerika, dann in der Schweiz. Mehrere ihrer literarischen Veröffentlichungen in Anthologien erschienen bereits in Deutschland und Ungarn.

Ohne Titel | *Niels Biewer*

die welt
mag sie
in kartoffelform
sein dieser
moment ist eckig –

das jetzt
scharf vom
nebel getrennt
grinse
ich –

Niels Biewer, Jahrgang 1981, studiert Landschaftsentwicklung in Osnabrück. Einige seiner Werke wurden bereits in Anthologien und Zeitschriften veröffentlicht, u. a. in der Lyrik-Bibliothek von Literareon.

WAS WEISST DU? | *Anne-Kathrin Binz*

Weiß ich mehr, nicht mehr im Herzen.
Weiß ich, wie man spricht, vielleicht.
Mach die Lippen zu und atme
all das Harte in Dir aus!
Setz dann, ein Fuß vor den andern,
stell ihn sorgsam, leise auf.
Sag kein Fisch, kein Bock
und puste Deine Lippen mit ihm fort.
Hast Du mich dort taumeln sehen,
schwanken kann ich gut bisher.
Doch das fest geh'n, sehn und leer sein,
weiß ich doch noch nicht, mein Herr.

Und ich mach, mit Dir im Herzen,
mach ich alles, was ich will.
Bleibe eisern, erden, schmelzen
mir den Willen weg bei Dir.
Hast du manchmal auch gedacht,
dass es sich noch selbst zerreißt?
Dies fragil Band aus Teigbahn,
was sich wechselt fort und an.

Anne-Kathrin Binz wurde 1980 geboren und ist Diplombiochemikerin. Neben der Beschäftigung mit Gesang und der Komposition von Musikstücken schreibt sie gerne Texte und Gedichte.

Kontrolliert abzubrennen | *Sebastian Bitterlich*

Ich habe es gewagt:
Das Feuer ist angezündet.
Es bereitet mir Freude,
wie es nach und nach
das Holz verzehrt.

Wenn sich die Flammen
wieder zurückzuziehen beginnen,
kann ich weiter
Holz nachlegen.
Ich habe es unter Kontrolle.

Ein Holzscheit, ein zweiter.
Noch viele andere fliegen ins Feuer.
In der Nacht ist nichts anderes wahrzunehmen
als die Helligkeit,
die von ihm ausgeht.

Immer mehr Rauch erfüllt die Luft,
immer größer wird das Feuer.
Woher kommt der Baum,
der jetzt anfängt zu brennen?
Und warum wird mir schwindlig?

Sebastian Bitterlich, geboren 1986, ist Abiturient. Er dichtet seit drei Jahren. Ein Hauptthema seiner Lyrik sind zwischenmenschliche Beziehungen.

Plötzlich | *Brigitte Bloyinski*

Plötzlich
ist er da
der Infarkt

plötzlich
gerät die Welt
aus den Fugen

plötzlich
findest du dich
am Rande des Abgrunds

plötzlich
kümmern sich viele
um dich

gerade noch rechtzeitig!

Plötzlich
ist sie da

deine zweite Chance
auf Leben
–
Nutze sie!

Brigitte Bloyinski verbrachte Kindheit und Jugend in einer westfälischen Kleinstadt nahe Münster und lebt heute als Studienrätin im Aachener Raum.

dumpfschlag grooved den bassenden bus
bumdrums trommeln den massenverdruss
dröhnende tomtoms und martinshornschall
tönende fansongs und partygeknall
beatkick tickt im rhythmus die zeit
speedtick kickt asphaltstreifen breit
lärmende technopest ich mittendrin
hämmernder ohrfelltest hör nicht mehr hin

Philipp Bobrowski wurde 1970 in Marburg geboren. Heute studiert er in Rostock Germanistik und Anglistik. Der Autor hat bereits mehrere Geschichten und Gedichte in Anthologien und Zeitschriften veröffentlicht. Derzeit arbeitet er an seinem ersten Roman.

Das immer sanfte Dunkel | *Karin Boeckler*

Das immer sanfte Dunkel der Nacht nur ist es,
das mich aus deinen Händen befreit –
o furchtsamer Tag

ihre ewig lindernde Schwinge allein nur vermag es,
die Stille zu bringen, die lang ersehnte –
die wieder neu, doch, ach, so kurz nur erquickt

Möchte sie währen auch durch des Tages
lärmendes Treiben, uns halten –
die immer willkommene –

Wie Götter wohl gnädig die Lieblinge
in Wolken und Nebel verhüllten
und sie entführten in geheiligte Tempel.

Karin Boeckler, Jahrgang 1935, lebt in Hannover. Sie besuchte von 1954–56 die Hochschule für Musik und Theater in Hannover und hatte im Anschluss diverse Engagements an verschiedenen großen Bühnen. Von 1975–79 studierte sie außerdem Pädagogik, Germanistik, Geschichte und Psychologie und ist seit 1980 im Schuldienst tätig.

Seele | *Magdalena Bott*

es will aus mir heraus
fließen in weichen Wellen
Tropfen, die sich zu einem Strom vereinen
einem Strom der Liebe, des Glühens

will sich ergießen und frei sein
will mitreißen, starre Ufer sprengen
Nahrung sein für trockene Böden
sich weiten zu einem Meer
Leben spenden und Leben bergen

Magdalena Bott, geboren 1961 in Bad Kreuznach, hat Musikwissenschaft studiert. Seit sie im Ruhestand ist, hat sie sich ganz der Literatur verschrieben.

Totalitär | *Peter Brand*

Einfach, klar, geradeaus
sprach ein Mensch.
Und das Volk folgte
einfach, klar, geradewegs.

Denn einer muss das Sagen haben,
dachte das Volk und folgte
diesem Menschen
einfach sprachlos.

Bloß,
weil es nichts zu sagen hatte.

Peter Brand, geboren 1958, arbeitet als Angestellter der Stadtwerke Rosenheim. Er hat bisher Gedichte, Satiretexte, Kurzgeschichten und Erzählungen in Anthologien veröffentlicht. Darüber hinaus lieferte er Beiträge für Literaturwettbewerbe, Literatur-Zeitschriften und für Internetseiten.

Das Kaff | *Sabine Brandl*

Das Kaff ist ein Schmuckkästchen im Hinterland
Es liegt zwischen weißblauen Wäldern und Tälern
Die Juwelen der Dorfgemeinde lagern darin
Ich bin versehentlich hinein geplumpst
In eine dieser sperrigen Schubläden
Die so schlecht auf und zu gehen

Keine Angst!
Ich bin nur zu Besuch!
So beruhige ich mich selbst.
Eigenartig fühl ich mich hier bei euch
Ihr seid die biederen Broschen
Und ich ein dreister, kleiner Nasenring

Ihr lieben Schmuckstücke seid so eigen
Ihr glänzt wie es scheint in einem anderen Licht
Bald verlasse ich euer kostbares Zuhause
Aus dunklem Holz und rotem Samt
Ich fühle mich beobachtet und beengt
Schwer atmet sich eurer Staub

Dies holde Kästchen ist mein Knast
Eure Luft ist nicht die meine!
Von der Stille werde ich erdrückt
Ihr rostet!! Ich werde verrückt!!
Flucht – Zurück in die Wildnis der Massen!

Schon bin ich heimlich entschlüpft

Und ich fühle mich wieder als Mensch
Meine Lungen schnappen nach Luft
Ich lächle. Mit Fahrtwind im Haar
Und Elan im Nacken
Im Rücken schweigt – Statisch und grotesk
Wie schon seit hunderten von Jahren
...
Das Kaff.

Für Sabine Brandl, 1977 in München geboren, ist das Schreiben eine der größten Leidenschaften. Am liebsten beschäftigt sich die Autorin mit ironischen und modernen Texten. Sie ist Mitglied des Freien Deutschen Autorenverbandes und gründete 2004 den Literatur- und Kreativkreis »Realtraum«.

Im Seitenschiff | *Almuth Breier*

Fern von Lärm und vom Getriebe
brennt ein stilles Kerzenmeer.
Sehnsucht nach dem Ort der Liebe
führet meinen Schritt hierher.

Wo Maria voller Schmerzen
ihren Sohn im Schoße hält,
da verheißen all die Kerzen:
Licht besiegt die dunkle Welt.

Jedes Flämmchen wahrt verborgen,
was Gebet ihm anvertraut:
Dankesworte, Hoffnung, Sorgen,
die im Herzen aufgestaut.

Eine Träne rinnt verstohlen.
Und ich zünde an ein Licht,
dem ich all dein Leid befohlen.
Fühlst du es? Ich weiß es nicht.

Almuth Breier, geboren 1943, wuchs im Kölner Raum auf. Die ehemalige Lehrerin schreibt seit 1993 Gedichte und Erzählungen. Seit 1996 in Königsfeld im Schwarzwald ansässig, widmet sie ihre Zeit vorwiegend der Malerei und dem Gedichteschreiben.

Am Anfang der Erkenntnis | *Marie Breinl*

Am Anfang war das Sehen
Und weil ich sah, verstand ich.
Ich verstand das Unrecht,
Den Hass, das Elend und die Angst.

Keine Muskeln der Welt genügen
Um sich diesem Kampf zu stellen.
Allein in den Gedanken muss die Kraft aufblühen.

Mut zum ehrlichen Erkennen und Mut zum Handeln
Sind die Waffen der Aufklärung,
Heute ebenso wie in längst vergangenen Zeiten.

Denn am Anfang kommt die Erkenntnis,
Der Ausgang für des Menschen Zukunft.
Denn die Geschichte ändert sich nicht!

Und weil die Erkenntnis kam,
Musst' ich handeln.
Ich schrieb!

Marie Breinl lebt in Leipzig und studiert dort Zahnmedizin. Das Schreiben ist schon lange ein Hobby von ihr. Ihre Werke wurden im vergangenen Jahr in den Bänden III und IV der Lyrik-Bibliothek veröffentlicht.

Oh du, dessen Flügel mich umfingen,
wenn des Nachts der Vorhang dunkel über mich fiel
wie der Vorbote der Hölle.
Oh du, dessen milde Gabe mich stets weiter
brachte als meine Füße zu gehen vermochten.
Oh, welch' ein hohes Gut du bist und oh weh mir,
die dich schlug mit den Händen der Verzweifelung.
Du hörtest wenn ich schrie in den Träumen
und um Atem rang.
Wenn sich mein Herz dem Schönen verschloss
und die Dunkelheit sein neues Zuhause nannt'.
Und wenn ich schwieg, warst du da und gabst mir
deine Worte die ich gebrauchen durfte.
Und, ach, höre mein Engel, der du bist,
ich vergaß dich nie und fühlte bei all der Kälte
und Grobschlächtigkeit stets deine wärmenden Flügel.
Doch all Angst umklammert mein Herz und führt
mich tiefer in die Fänge der Dunkelheit in der dein Name
nur geflüstert werden darf, wenn überhaupt.
So verliere ich dich mehr und mehr.
Und, ach, alles was mir bleibt, ist um elende, bittere Gnade
zu flehen, oh, du mein Engel, der du bist, denn du
bist da und ich verliere mich trotz deiner allumspannenden Flügel.

Stephanie Brinckmann, geboren 1980 in Hamburg, hat zwischenzeitlich in Afrika und Rumänien gelebt. Sie liebt das Reisen und möchte Lehrerin werden. Ihr Gedicht »Time Out« erschien in Band IV der Lyrik-Bibliothek.

Harmoniebetontes schöngeistiges Einerlei
durchbrechen will ich. Die Schranken
der Welten bringen ins Wanken,
beenden Gefühlsduselei.

Wahrheit, wahrhaftige Klarheit,
wo steckst du im Sumpf der Zeit?
Schöntun und Schönreden enden
am Gestade der Vergänglichkeit.

Ich möchte in eure Augen sehn
und lesen was der Mund mir sagte.
Ich möchte vertrauend durchs Leben gehn
stolz auf den Streiter, ders mit mir wagte.

Unbequeme Frager seid willkommen!
Freche Ehrlich-Sager werden mitgenommen
in das Reich sternklarer Wortvollkommenheit.
Durchsichtig ist ihr Kleid.

Beherzt verschmerzt ihr Andersdenker.
Belächelt milde Sicherheitslenker.
Packt heute das volle Leben an,
damit Harmonie harmonisch sein kann.

Ines Beatrix Brückle ist verheiratet, hat fünf Kinder und lebt in Rehau. Sie ist Journalistin und Autorin und hat bereits 2005 das Buch »Gedankenbrücken« bei Literareon veröffentlicht. Außerdem hält sie Autorenlesungen in Oberfranken, Südtirol und auf der Leipziger Buchmesse ab.

Aprikose | *Heiner Brückner*

O Aprikose,
ich mag dich
riechen, fühlen
deine Haut, die
weiche.

Ach Marille,
es wär' mein Wille,
dich zu kosten, dein Fleisch
zu naschen,
das fruchtige.

O Aprikose,
kurz war die Chose,
ich nag' an deinem Stein.
Könntest du nicht
ein Pfirsich sein …

Heiner Brückner wurde 1949 geboren, lebt in Bayreuth und veröffentlichte Glossen, Kurzprosa und Rezensionen in Tageszeitungen und literarischen Zeitschriften, außerdem Gedichte in verschiedenen Anthologien, Magazinen und im Internet.

Ohne Titel | *Beatrice Bucher*

Im Irrgarten
Laufen viele
Hektisch
Hin und her

Im Labyrinth
Ziehen einige
Ernsthaft ihre Kreise

Sie sitzt auf einer Bank
Gemütlich

Steht auf

Und geht durch Wände

Beatrice Bucher ist Mutter von zwei Kindern und lebt in Karlsruhe. Sie studiert Sozialwesen und schreibt momentan ihre Diplomarbeit. Seit einigen Jahren verfasst sie auch Lyrik.

ERSTE BLÜTE | *Esther Bystrek*

Daphne
deckt
die Erde
mit weißen Sternen;
schneeflockengleich,
zart
und schön.

Esther Bystrek verfasst seit 1992 Lyrik. Ihre Gedichte wurden bereits im Geest-Verlag, in der »Edition Wendepunkt« und in der Lyrik-Bibliothek von Literareon veröffentlicht. Seit 2005 ist sie Mitglied im »Literarischen Verein der Pfalz«.

netzverwoben, gesponnen der
kopf, glasfasrig dran hängend das
herz, unsichtbar dünn und zittrig die
knie, gefräßig lauernd
wartend auf
dich

elfengleich anmutig streifst du mein
netz, schwebst stolz
vorbei und stillst den
durst, an der anderen
hals

bleiern und klebrig das löchrige
netz, gefressen das eigene
ICH statt der
liebe von
dir

den letzten faden
versponnen, für unendlich tiefen
schmerz

Bettina Cassing, 1977 in Bielefeld geboren, ist ausgebildete Sozial- und Milieupädagogin (Heilerziehungspflegerin) und freiberuflich tätig. Seit ihrem 12. Lebensjahr schreibt die Autorin Gedichte und Kurzgeschichten. Einige wurden bereits veröffentlicht.

Halbblut/Halfcaste | *Linda-Jane Cropley*

Und Stille in seinem Herzen
Und Freiheit in seinen Gedanken
Ein Leben ohne Schmerzen
Ein sich Bekennen ohne Schranken

Erstmals die Weite zu sehen
Endlich die Lieder verstehen
Auf einmal die Sprache erkennen und
Die dunklen Ideen zersprengen.

*

And peace in his heart
And freedom in his thoughts
A life without pain
Confess without limits

To see the horizon for the first time
Suddenly to understand the songs
To know the words at once
And to destroy this dark ideas

Linda-Jane Cropley hat als Mitglied des Chemnitzer Schreibkurses »Schreibformat C« einige Texte und Gedichte veröffentlicht. Sie gibt einen kleinen Literaturbrief heraus, der sich »Germanpoets« nennt.

Jubelnd empor in schwindelnde Höhen,
hin zu den Sternen in lockende Fernen,
kein Bremsen der tobenden Speichen,
weiter und weiter – gierig – voran,
dass der tiefe Schlund im hohen Zenit
die tosende Menge kaum fassen kann.

Plötzlich der Stillstand – fragen, besinnen,
nach Rückschau und Zweifel das Resümee,
dann eher schleppend hinab die Fracht,
weiter – ganz langsam, doch stetig – nur weiter;
im Ganzen gesehen die Schar fast noch heiter.

Halt am vorherbestimmten Ziel,
eines von vielen auf künftiger Strecke
hinunter in fremde, launische Tiefen;
und wieder Stillstand – fragen, besinnen,
die Ruhe genießen, verweilen wollen,
derweil von neuem die Speichen rollen.

Kurz vor dem Abgrund Ende der Fahrt,
kein Fragen, Besinnen und kein Verweilen,
kein gieriger Griff nach blaugoldnen Sternen;
den Sinn durchweg *beinahe* verpasst
und dann letzten Endes
– zu Tode erblasst –
ihn noch erfasst …

Orla Danz lebt in Mühlhausen und hat bereits einige ihrer Gedichte in anderen Bänden der Lyrik-Bibliothek veröffentlicht.

FRÜHLING | *Ulrike M. Dierkes*

warte schon
seit Eises Zeiten

hochgeschlagen
meinen Kragen

kuschelig im Fell

Wärme mich noch
in des Bettes
hoch erhitzter Decke

träume heimlich
still und leise
von Osterglocken
und Narzissen
in den hocherhitzten
Kissen

Lieber Frühling,
Schnee und Glocken

Lasst mich nicht
als Häschen
hocken

halberstarrt
in Eis und Fell
zwischen Rand und Resten

Erstes
Frühlings-Rendezvous
Erste Schmelze
Himbeersahne
Lecke mir am Himbeereis
alleine meine Zunge heiß

Ulrike M. Dierkes, 48, absolvierte eine Ausbildung bei einer Tageszeitung und gleichzeitig ein Schriftstellerseminar. Neben ihrer hauptberuflichen journalistischen Tätigkeit erschienen viele Gedichte in Anthologien, Frauenzeitschriften und Literaturmagazinen. Sie leitete ein Literaturcafé, bis ihre Bücher »Melinas Magie« (1995), »Meine Schwester ist meine Mutter – Inzestkinder im Schatten der Gesellschaft« (1997) und ihre Biographie »Schwestermutter« (Bastei Lübbe, 2005) erschienen. Sie ist verheiratet, arbeitet und lebt mit ihrer Familie in Stuttgart.

Verlust eines lieben Menschen | *Klaudia Dietrich*

Umgibt die Seele Trauer
Sie wird wie das Gestein der Mauer
Niemand trägt ein Licht hinein
Kein Sonnenstrahl geht aus und ein
Der Seele Trost ist einerlei
Der Liebe Hand bricht entzwei
Das Glück es zieht vorbei

der Mantel der Verzweiflung dich umgibt
Verloren der Mensch den du geliebt
Du kannst nicht folgen seinem Weg
Weißt nicht wo sein Herz jetzt steht
Suchen wird dein Geist
Bis deine Seele sicher weiß
Verloren ist was du geliebt
Nur dessen Seele dich umgibt

Einsam stehst du in der Leere
Schmerz deine Seele verzehre
Dann schau ins Licht
Dass es nicht vergesse dich
Denn wenn du folgst dem Dunkel
Du siehst nie mehr der Sterne Funkeln

Klaudia Dietrich wurde 1957 geboren, ist verheiratet, Mutter und Großmutter, gelernte Arzthelferin und arbeitet derzeit in einem Altenheim.

Zauberfeld | *Nicolas Draenert*

Schau wie die Sonne scheint,
der Tau frisch auf den Blumen ruht,
entgegen jeder Zeit die Pracht erblüht!
Stets der Zauber sich vermehrt
die Verzweiflung in uns klärt!

Was soll man sagen,
einen Schritt nach vorne wagen!
Der Anblick in uns weilt,
Blumen und Felder unsere Seele heilt!

Schau wie die Vögel fliegen,
ihnen die Menschen zu Füßen liegen,
hoch hinaus in die Welt,
ohne Zeit am Himmel kreisen
und in ferne Länder reisen!

Schau wie die Sonne sinkt,
die Dämmerung von fern her zu uns winkt,
Stunde und Zeit zerrinnt!
Auf, auf immer einen Schritt nach vorn,
immer weiter vor und vor allem vergiss
nie zu lachen inmitten des vielen Wachens!

Nicolas Draenert, geboren 1986, ist in München aufgewachsen und besucht derzeit das Gymnasium. Seit vielen Jahren spielt er Klavier und Posaune und begeistert sich außerdem für Leichtathletik auf Leistungssportbasis. Im Alter von 12 Jahren hat er mit kreativem Schreiben begonnen und verfasste seitdem zahlreiche Geschichten, Erzählungen und Gedichte.

Krieg und Frieden | *Tatjana Drgala*

Krieg ist 11. September
Krieg ist Haß auf die Menschen
Haß auf sich selbst

Zerstörung
Grauen
Morden
Gewalt

Wohin soll das führn?

Frieden – ein kleines Stück aufeinander zugehn
den andern hörn
ihn *an*hörn
mit ihm in Verhandlung treten

Hören, was er zu sagen hat
nicht nur die eigene Sichtweise sehn
auch einmal den andern verstehn
Ist das nicht schon viel?
Für den Frieden als Ziel?

Tatjana Drgala ist ausgebildete Europasekretärin. Sie schreibt Lyrik und Prosa. Seit 2002 nimmt sie an Literaturwettbewerben teil. Diverse Veröffentlichungen in Anthologien und Jahrbüchern folgten.

Brummelmatz im Zoo | *Dieter Ebert*

Brummelmatz, beschwingt und froh,
ging mit dem Enkel in den Zoo.
Dort hörten sie wie Löwen grollten
und brüllten, weil sie fressen wollten.
Gefüttert dann, die Löwen schwiegen.
Man sah sie satt im Käfig liegen.

Wie Brummelmatz dann hören kann
fing nun sein Hut zu grollen an.
Er zog ihn und war tief erschüttert.
Sein Hut, der war ja ungefüttert.

Dieter Ebert wurde 1934 in Magdeburg geboren. 1956–1994 arbeitete er als Ingenieur in der Chemieanlagenbau-Planung in Leipzig. Von 1997–2004 war er Umweltbeauftragter im Kirchenbezirk Leipzig. Er ist verheiratet, hat zwei erwachsene Söhne und zwei Enkel.

Ankommen | *Margret Ellerich*

Ankommen!
Ich möchte ankommen.
Komme ich an?
Bei dir?
Bei mir?
Ankommen!
Ich möchte ankommen.

Margret Ellerich, Jahrgang 1927, gelernte Bankkauffrau, ist sechsfache Großmutter. Das Schreiben ist ihr neuestes Hobby.

Es wird dunkel in uns | *Caro Engel*

Es wird dunkel in uns.
Wo du gehst wird es Herbst,
fallen Blätter
auf denen die bunte Geschichte
dieses Sommers geschrieben steht.

Die Sonne malt lächelnd
ein Bild noch in Gold.
Wir schließen die Augen
atmen das Bunt
trinken Licht
für die kommende Zeit.

Caro Engel ist Juristin und lebt in Düsseldorf.

erlebnisse
sinken auf
den grund,
erkennen sich
dort.

worte

kühlen ab,
zeit hinterlässt
ihre spuren,
haucht einzelnes
fort.

was
bleibt
muss
sein.

Markus Epha wurde 1965 in München geboren. Nach einer Lebensphase in Österreich wohnt er seit zehn Jahren in Berlin. Er arbeitet als Fotograf und Zeichner.

Oktember | *Andreas Erdmann*

Entblättert,
wie schwarze Buchstaben
stehen die Bäume
gegen den Himmel
und schreiben das Schattenwort ›Herbst‹
an das weiße, papierne Gewölk.

So lese ich mich
durch den Wörterwald,
lese mich, Zeile
um Zeile,
durch das Gedicht
der gelichteten Täler
und sehe, wie Schlehen
sich langsam zum Winterschlaf neigen.
Noch wispert der Hauch eines Windes
durchs Silbengesträuch,
doch die Vögel schweigen schon stille
im Holz.
Und alles, was war,
ist verstummt.

In der Dämmerung aber,
vom Künftigen her,
kommst du mir entgegen
und rufst mich heim
im Buch dieser Welt:
Dein Wort leuchtet hell,
hell und heller,
und weist mir von vorne
den Weg.

Andreas Erdmann, geboren 1962 in Solingen, ist Diplom-Sozialpädagoge. Für seine Erzählungen, Kurzgeschichten und Gedichte wurde er bereits mehrfach ausgezeichnet.

Ich gebäre mich in einem dunklen Raum,
Zeitlos höre ich meinen Atem.
Wieder Schmerz, wieder Folter
doch ich sehe meine Peiniger nicht.

Verschwommenes Licht nimmt Gestalt an,
meine Sprache ist der Schrei.
Niemand antwortet, niemand versteht
erschöpft sucht meine Seele Ruhe.

Der Raum lichtet sich, er ist ein Spiegel
jetzt kann ich meinen Gegner bekämpfen.
Ich werde aus dem Spiel des Lebens
geworfen, liege am Boden.

Diese Runde ging ans Leben, doch
schon die nächste ist ein Sieg.
Aus dem ich eine Persönlichkeit gebäre
und mein Kind lebt nun in einer bunten,
hellen Welt der Träume.

Alice Esser absolvierte eine Ausbildung als Kauffrau für Bürokommunikation. Ihre Freizeit verbringt sie mit dem Verfassen von Lyrik und Prosastücken. Bisher wurden Gedichte von ihr bei Maskenball, Literareon, Lebensbaum und in der Nationalbibliothek des deutschsprachigen Gedichts veröffentlicht. Derzeit arbeitet sie an einem Roman.

SCHNEEWITTCHEN | *et.cetera & p.p.*

Das Haar mit Gift gestrählt,
am Apfel erstickt,
von der Spindel zerstochen,
von Nesseln verbrannt,
bloß bis aufs Hemd,
mit Pech übergossen,
vom Turm gestürzt,
von Dornen geblendet –

geschnürt in den Tod
schneeweiß und rosenrot

et.cetera & p. p. wurde 1952 geboren. Sie ist verheiratet, arbeitet als Ärztin und Dozentin und schreibt gerne Gedichte. Deshalb hat sie bereits an mehreren Literaturwettbewerben teilgenommen und ein Gedicht in der Lyrik-Bibliothek Band I veröffentlicht.

Verzauberte Blumen | *Irmgard Fader*

Schönheit ist in einem Strauß
eingebunden ist die Zeit
bunte Blüten Freudenhauch
gemütsbewegt und farbenreich

Blüten auf den bunten Wiesen
in den Gärten Farbenspiel
zarte Formen Blütendüfte
aufgeblüht auf einem Stiel

Wunderbare Formgebilde
wachsen in der Sonne Glanz
haben einen großen Gärtner
zaubert ein Schlaraffenland

Dargeboten in der Hand
ein gebunden Blumenstrauß
bringt viel Freude Gottesgabe
malt von Farben einen Hauch

Irmgard Fader lebt in Königsfeld. Von ihr sind bereits zwei Gedichte in der Lyrik-Bibliothek von Literareon erschienen.

und ein Engel
legte seine Hand
seidenweich
auf meine Schulter

seine Wärme
hielt mich

hielt mich an

da trat ich heraus
aus dem Rausch der Zeit
und fühlte

den Schnee der Apfelblüten

Sabine Fels, Jahrgang 1961, arbeitet in Essen als Gestalttherapeutin und Supervisorin und hatte bereits zahlreiche Veröffentlichungen in Jahrbüchern und Anthologien.

Dein Schatten | *Dirk Fettig*

Einst wärmten und einst streckten sich die Tage.
Was war geflohen? Und was ward geboren?
Da wurde von so manchem vor mir beschworen,
was endlich ich im Herzen trage.
Dein Herz macht mir die dürren Tage satt …
Und besänftigend durchpflügen mein nächtlichstes Sein
Die nunmehr milde zerfließenden Abendstunden.
Denn wie begütigend tanzt hier im Kerzenschein,
was in roten Flammen gebunden
mein brennendes Auge gefunden hat …
Dein Schatten wirft sich an die weiße Wand.
Dein Schatten, der mein Innerstes streift,
der mich bei einem Traum ergreift;
dein Schatten nimmt mich zärtlich bei der Hand …

Dirk Fettig wurde 1966 in Düsseldorf geboren, ist verheiratet und hat zwei Töchter. Er arbeitet als kaufmännischer Angestellter und hat bisher das Buch »Die kalten Tage« veröffentlicht.

Seelenknopf | *Michael Fiam*

Ich hab einen Knopf gefunden.
Den musst du verloren haben,
denn er passt genau
ins Knopfloch
deiner Seele.

Ich geb ihn dir
aber nicht.
So kannst du
dich nämlich
nicht mehr
vor mir
verschließen.

Doch du stehst da und lächelst mich an.
Jetzt versteh ich Dummkopf erst:
Du hast ihn mir zugeworfen,
damit ich ihn
für dich
aufbewahre.

Michael Fiam ist 1970 in Wien geboren. Er arbeitet, nach dem Studium der Deutschen Philologie, Anglistik und Amerikanistik, Philosophie und Komparatistik, als Lehrer für Deutsch als Fremdsprache in Wien. Der Autor hat bereits in Zeitschriften und Anthologien veröffentlicht.

Woher kommst du? | *Sonja Fiedler*

Aus des Himmels hohen Hallen,
wo sich große Wolken ballen,
von des Flusses klaren Wellen,
von der Seen tiefsten Stellen,
aus Höhlen in der Erde tief,
von wo mich deine Stimme rief.

Aus des Himmels blauen Lüften,
aus der Erde tiefsten Grüften;
von der Meere Sturmeswogen
bin ich her zu dir geflogen.

Aus des Regen grauen Schleiern,
aus des Waldes dunklen Weihern;
von des Wassers Wellenwiegen,
bin ich zu Dir aufgestiegen.

Aus des Weltalls dunklen Tiefen,
wo Milliarden Sonnen schliefen,
aus des Universums Schwärze,
sah ich im Fenster deine Kerze …

Sonja Fiedler wurde 1959 in Görlitz geboren. Als ihr Hauptanliegen sieht sie es an, unterhaltsame Geschichten und Erzählungen zu schreiben. Mehrere Gedichte wurden bereits veröffentlicht.

Sie | *Anja Finkeldei*

Ich warte dort draußen.
Dort immer an dieser Stelle.
Wie oft habe ich hier schon gestanden?
Habe ich gewartet?
Hier habe ich für sie gelächelt.
Hier habe ich vor ihr geweint.
Hier habe ich sie verflucht.
Wie oft habe ich sie begrüßt und verabschiedet?
Wie oft hat sie mir zugeflüstert?
Wie oft hat sie weise geschwiegen?
Wenn ich dort auf sie hinab blicke warte ich,
warte ich auf die Dunkelheit,
weil sie dann für mich erstrahlt.
Dann verliere ich mich in ihrer Schönheit
und ich weiß, ich werde sie niemals verlassen.
Wie oft werde ich hier noch stehen?
Dort wo ich meine geliebte,
meine verhasste,
meine Stadt sehen kann.
Ich werde warten bis sie mir sagt, dass es genug ist
und dann werden wir quitt sein.

Anja Finkeldei wurde 1974 geboren, machte eine Ausbildung zur Bürokauffrau und studierte Betriebswirtschaftslehre. Sie arbeitet als Betreuerin von Fördervereinen und begann vor 15 Jahren mit dem Schreiben.

Die Nacht | *Norina Fisch*

Der Tag sich zum Abend
begibt, die Nacht ganz
leis den Vorhang zieht.

Dunkelheit wirft sich
Schwingen um, bittet die
Träume zum Tanz.

Vergangenheit im neuen
Glanz.

Gewesenes sich mit
Wünschen paart.
Die Nacht ein Unbehagen
für sich verwahrt.
Die Helle des Morgens
den Schlaf besticht und dem
Tag neue Hoffnung
verspricht.

Norina Fisch, geboren 1970 in Berlin, ist gelernte Sekretärin und Floristin. Einige ihrer Gedichte wurden bereits in verschiedenen Anthologien veröffentlicht.

Und doch war dem, der sie über
Den Mohn kommen sah, als säh
Er von der ersten die Brust, von der
Zweiten den Kopf, von der dritten die
Gefaßt geschwenkten Hüften. Die einst
Dem durch den Schnee blasenden
Ruf des Kuckucks nachgegangen, der
Zwischen den breiten Brustäpfeln
Sagte, »Ich bin's«, sie stand schon
Vor ihm, bot ihm, falls er sie zur
Schönsten herren wollte, ein Reich. Und
Nun trat die zweite heran, wie
Eine Eul wölbte ihr Auge den
Wald, flog zwischen den Wimpern
Auf ihn hin. »Glück im Krieg,
So mich wiedererkennst.« Schon wollte er
Der als der Schönsten folgen, da trat
Die einen Spatz schalt zwischen den
Grübchen, halslaut lachend, auf
Ihn zu: »Dir geb ich die schönste
Frau der Welt.« Der in den Spiegel
Des Apfels staunte, die Flutäugige
Hatte die Höhe getötet, das Niedrige,
Die Strahlendblickende alles Nahe, nur
Die dritte, die Ringelsichtige da, die
Schien die Wiesen und Hügel auf
Ihrem Kopf zu häufen. Drei Augäpfel
In der Hand, hatt' nur sein Auge
Als Mund. Seine Lider, die
Würden als Lippen reden, nein,

Die Jugend der dritten, das Alter der
Zweiten, die Mühe wälzenden
Jahre der ersten. Was du willst, ist
Gleich, stimmten die drei, dich
Haben als Tor wir gewählt, also
Darfst du auch nicht auf ein
Ganzes äugen. Der Hirt, gehetzt sah
Er um sich, es sprang
Hinter der Herde der Häßlichste
Aller Geschaffnen, der Pan auf, ja,
Die dritte, Grübchenversunkne, die
War so schön, daß auch das Häß-
liche auf ihre Wange gezeichnet
War; der seinen schönen Weg wählen
Mußte, konnte den Apfel nicht zum
Szepter machen, nicht zum Schädel
Härten; er gab ihn der mit den
Grübchen, ließ ihn Apfel sein.

Hans-Karl Fischer, geboren 1957 in Passau, lebt als Lyriker und Scherenschneider in München. Zu seinen Veröffentlichungen zählen die Erzählung »Der Friedhof von Gstöding« sowie »Diebstahl, Gedichte« bei Literareon.

Träume –
Wie bunte Luftballons!
Abgehoben!
In die Unendlichkeit …
Ihr Verlangen
Nach Freiheit,
Wann ist es
Gestillt …?

Träume –
Wie bunte Luftballons!
Einer traut sich
– Immer höher –
Berauschende Flüge
Des Seins.
Andere …
Schweben in Sichtweite.
Bescheiden – ihr Wunsch
Nach Freiheit.

Träume –
Wie bunte Luftballons!
Wer von ihnen
Ahnt schon …
Die unsichtbare
Reißlinie.
Genau abgemessen.
Die Länge –
Der Freiheit

Träume –
Wie bunte Luftballons!
Genau abgemessen.
Vorher.
Welcher trägt die
Farbe »Schwarz«
unter den blauen Lüften?

Regina Franziska Fischer wurde 1951 in Herford geboren. Sie ist verheiratet, hat einen erwachsenen Sohn und lebt seit 1976 in Bielefeld.
Sie war Industriekauffrau, Fremdsprachenkorrespondentin für Englisch, und Psychologische Beraterin und ist jetzt als freie Autorin tätig. Ihre Werke wurden bereits vielfach veröffentlicht; u. a. ist sie Mitglied der Dt. Haiku-Gesellschaft (DHG) Frankfurt.

Ein klingend, leiser Schmerz
in mir

Du fehlst …

Sanft fühle ich
den Glanz des Abendlichts

Berühre dich
in mir

Peter Fochmann ist Mitglied des Dessauer Literaturkreises »Wilhelm Müller« und moderiert bei Radio Corax in Halle (Saale) eine eigene Literatursendung.
Bei Literareon erschien 2005 sein Gedichtband »… und willst nicht fliehen«.

Das letzte Jahr | *Andrea Frank*

Gehe in Dich und denk zurück,
es war wirklich ganz verrückt.
Dieses Jahr so traurig begann,
trotz guten Vorsätzen und neuem Elan.
Wenn es auch manchmal Wunden schlug
und Tränen gebracht und Schmerzen,
doch hatte manches Handeln: Hintergrund – Liebe.

Oft alleine, nicht zu zweit, jeder auf seine Weise,
erledigten wir gemeinsame Entscheidungen,
mit folgendem Gedanken: Es ist doch gut gemeint!
Das Gefühl von Ausgeschlossenheit kam auf,
es wurde geredet, aber was kam raus?
Der Kampf um Dich und Deine Liebe,
begleiten mich jeden Tag
Respekt und Aufmerksamkeit,
die ich von Dir nicht zu spüren vermag.

Dem Abgrund oft so nahe
und keine Luft zum atmen,
doch da ein Hoffnungsschimmer:
Gespräche die uns weiterbringen!
Mein Wunsch: dazugehören.

Kaltherzig wurde ich beschrieben,
keine Gefühle anderen überbringen!
Ob kleine oder große Dinge,
ob kleine oder große Taten,
es soll von Herzen kommen.
Ein Blick genügt: sie wollen nur gesehen werden.
Ohne Liebe keine Dinge!
Ohne Liebe keine Taten!

Schau zurück auf tapfere Taten,
schau zurück auf Leid und Streit,
ich wurde aus Fehlern weise,
Deine Hilfe in diesem Jahr,
achte ich in Dankbarkeit!

Andrea Frank wurde 1978 geboren. Die Zahnarzthelferin hat bereits während ihrer Schulzeit Kurzgeschichten verfasst. Jetzt schreibt sie ihre ersten Gedichte.

Eisberg | *Ricardo Friedrich*

So stark, so stumm, so unnahbar, so still und doch so kalt,
so fest, solide, sonderbar und doch so voller Halt,
treibst du in deinem Ozean so leise vor dir her.
Dir scheint die Zeit so untertan, so müde, stumm und leer.

Da dich kein Wort, kein Blick berührt, kannst du dich nicht verstehen.
Wenn alles Grün im Eis erfriert, wirst du nicht untergehen.
Und dadurch hältst du eisern fest, das Leben, das du führst.
Weil es sich besser Kühlsein lässt, wenn du den Grund berührst.

So manch' Gefühl in diesem Meer schon unter dir verschwand.
So stark, so kühl, so fest, so schwer, ein mächtiger Gigant.
Der Strom treibt dich verwegen fort, wenn du Gemüter regst.
Und Stille bürgt dies kalter Ort, in dem du Herrschaft pflegst.

So stark, so kühl, so fest, so schwer, dies ist wohl deine Pflicht.
So bist du gern in diesem Meer, denn schmelzen willst du nicht,
auf deinem Weg ins Irgendwo, wohin der Strom auch führt.
So kalt und kühl und dennoch froh, dass keiner dich berührt.

Es treibt auf weitem Ozean ein Eisberg seine Bahnen
und träumt so selig und spontan vom Werden und vom Planen.
So stark, so stolz, so unnahbar, so still und doch so frei,
so fest, solide, sonderbar, treibt er einfach vorbei.

Ricardo Friedrich wurde 1982 in Görlitz geboren. Seit über zehn Jahre verfasst er Gedichte. Das Schreiben bietet ihm die perfekte Brücke zwischen der realen und seiner inneren Welt – »gerade jetzt, wenn sich mit dem Älterwerden auch Welten erweitern.«

Unsicherheit

Lächelnde Masken überall
Sie machen mir Angst
Fassaden, Mauern
Eisige Hände umklammern mich
gärende Erde, ein dumpfer Hall, Nebelschwaden
ich sinke
Licht!

Erschreckend

Hörst du ihn
Schleichend
Kratzend über Dächer schlurfen
Klappern, surrende Geräusche
Ein durch Mark und Bein dringender Schrei.

Spielball der Gefühle.

Inka La Loba, 1953 geboren, lebt in Lampertheim-Hofheim. Sie ist Mitglied der Literaturwerkstatt Lu-Ma und im Literarischen Verein der Pfalz. Einige ihrer Werke wurden bereits veröffentlicht, u. a. 2004 »Tiergeschichten für Jung und Alt«. In Band II und III der Literareon Lyrik-Bibliothek erschienen bereits Gedichte der Autorin.

Januar | *Maren Gerlach*

Der Januar
Liegt lustlos
Vor meinem Fenster.
Ich schließe es
Und lasse den Tag
Draußen.

Maren Gerlach, Jahrgang 1977, studierte Neuere Deutsche Literatur, Kultursoziologie und Erziehungswissenschaft an der FU Berlin. Sie arbeitete als Regieassistentin beim Schauspiel Neukölln, Berlin. Ihr Gedicht »Mein Traum klopft an« wurde für die Bibliothek deutschsprachiger Gedichte, Band VIII angenommen.

Frei nach Dr. Eisenbart | *Margaretha Giussoni*

Drei Tropfen Vermouth, eine Träne vom Krokodil,
zwei Löffel Sand vom linken Ufer am Nil.

Ein Quäntchen Hoffnung, von Treue ein Hauch,
sehr viel Zuversicht, eine Unze Liebe auch,
Rosmarin und Salbei gut verrieben und zerstampft,
tüchtig gemischt und während zwei Stunden gedampft.

Abgefüllt bei Vollmond um ein Uhr die Nacht:
so wird ein Lebens-Elixier gemacht.

Nimm' öfters davon eine Prise,
sitzend, auf frisch gemähter Wiese.

Margaretha Giussoni ist Kunstmalerin und lebt auf Madeira. Ihre Gedichte wurden bereits in den Bänden I und II der Lyrik-Bibliothek veröffentlicht.

Stille | *Katja Göbel*

In der Stille hängt
Dunkel – versponnen
der Alltag
heller Schimmer
drängt mitten durch

Das Zeitlose kreuzt
Die Zeit

Zufall?

Fügung nistet sich ein
Lichtpunkte branden
Funkeln
aus der Quelle
weiten sich
zum Sternengürtel
umringt deine Schale
dringt in die Frucht
bis du atmest
diesen Tanz
durch Klänge
Licht und Farben

Dann schöpfst du
Aus deiner Schale
behutsam ein

Neben ihrer Tätigkeit als Lehrerin an einer Berufsschule ist Katja Göbel begeisterte Schriftstellerin und Malerin. So arbeitet sie als Dozentin an der KVHS Peine in den Bereichen Malerei und leitet die dortige Schreibwerkstatt. Sie hat bereits an zahlreichen Lesungen und Kunstausstellungen teilgenommen und mehrfach Texte veröffentlicht.

Dresden | *Peter Ernst Golling*

Als ein Sonnenglanz in der Elbe
für Anna noch Wirklichkeit war,
als auf dem Regenbogen
hoch über ihrer Frauenkirche
die Schutzengel spazieren gingen,

da schien die Sonne noch
in ihrem Kinderherzen
und sie lachte ihr selbst
aus einer Regenpfütze
still vergnügt zu.

Als aber aus dem Regenbogen
über der Frauenkirche
die ersten Bomben stürzten
und die Erde ringsum Feuer spie,
da war die Elbe vergiftet,
wie auch ihr Kinderherz.

Doch sechzig Jahre endlos später,
als die Frauenkirche beglückend
im neuen Glanz erstrahlte,
da läutete sich Anna noch einmal
ihre verlorene Kindheit
jubelnd ins Herz zurück.

Peter Ernst Golling wurde 1925 in Rain/Oberbayern geboren und studierte nach dem Krieg Theaterwissenschaft, Literatur, Heilpädagogik und Theologie. Er arbeitete als Theaterregisseur, bearbeitete García Lorca, Molière und Ludwig Thoma als moderne Bühnenstücke und schrieb die Krimikomödie »Herr Pfarrer, wo ist die Leiche?«. Außerdem verfasste er mehrere Kurzgeschichten und Gedichte.

Und war, als wär er nie gewesen;
und war, als hätte nie sein Fuß
die Wege, die er ging, betreten;
und niemand hörte seinen Gruß,
kein Gott sein Beten.

Und auch sein Name, der da stand
auf jenem Kreuz am Straßenrand,
ist nun nicht mehr zu lesen.

Bernhard Görnig lebt mit seiner Familie in Kreuztal im Siegerland. Er war Lehrer in verschiedenen Schulformen und 17 Jahre lang Grundschulrektor. Seit zehn Jahren ist er nun im Ruhestand. Er hat bereits diverse Sagen, Erzählungen, Gedichte und Theaterspiele für die Grundschule veröffentlicht.

Zwei Schlafende | *Dimitris Th. Gotsis*

Fürchte dich nicht mehr vor mir,
fern deinem weißen Schlaf
schlummere ich auch
mit weißen Träumen –

nun im Schlaf von dir und mir
werden zärtlich bedeckt
von dem sanften Hauch
unserer alten Atemzüge
Brüche einstiger Bilder
und Worte

und während sie langsam vergehen,
bleibt mir nur die Erinnerung
einer Schönheit
mit unsterblichen Merkmalen,
während ich von Tag zu Tag
auf meiner zitternden Haut
die bunten Zeichen der Zeit,
die zu weit fortschritt, trage,

der Zeit, die müde
in meinen farblosen Schlaf
hinsinkt

Dimitris Th. Gotsis, geboren 1945 in Saloniki/Griechenland, studierte Medizin und Musik (Gesang). Der Autor lebt in Paphos/Zypern, veröffentlichte sieben Lyrik-Sammlungen und übersetzte deutsche Lyrik ins Griechische. 1995 erhielt er den staatlichen Lyrikpreis der Republik Zypern.

Fazit | *Gerit Grahn*

Wenn Sonne sich mit Mond verbindet –
und auf Erden alles schwindet,
was materiell und schlecht !!
Dann werden Seelen gerecht!!
Es bleiben nur noch Trümmer!
Dazwischen das Gewimmer
von menschlichem Gewürm –
welche seelenlos und arm!!!!

Die Anderen sind aufgestiegen,
weil sie verstanden haben zu lieben –
können so Not und Tod besiegen!!!

Allein die Liebe ist geblieben.

Gerit Grahn wurde 1946 in Hamburg geboren. Als gelernte Reisebüro-Expedentin absolvierte sie eine kaufmännische Ausbildung und machte sich im Einzelhandel selbständig. Außerdem hat sie als Fremdsprachen-Korrespondentin im Im- und Export gearbeitet. Seit 1970 schreibt sie Gedichte. Ihr Gedicht »Verschmelzung« erschien in Band IV der Lyrik-Bibliothek.

Walpurgisnacht | *Ingrid Groschke*

Hexen fliegen durch die Lüfte
und verbreiten Schwefeldüfte.
Fahler Vollmond hält die Wacht,
denn es ist Walpurgisnacht.

Was kann nur den Menschen nützen
und sie vor den Wesen schützen?
Grüne Zweige an den Türen,
Besen, die auf Schwellen liegen!

Trotzdem ist es nicht geheuer,
ständig lauern Abenteuer.
Durch das Dorf, dem guten, alten,
huschen dunkele Gestalten.

Selbst der Mond, der fürchtet sich
und versteckt sich vorsorglich.
Bello zieht den Schwanz nun ein
und kriecht in die Hütte rein.

Tags darauf kann man bekunden,
Gartentüren sind verschwunden.
Auf dem Dach, man möcht' verzagen,
steht ein alter Kinderwagen.

Vieles ist nicht mehr am Ort
und die Jugend sagt kein Wort.
Hintergründig feixen sie:
»Wer das war, erfahrt ihr nie!«

Ingrid Groschke, Jahrgang 1945, ist Malermeisterin und besuchte die Abendschule an der Hochschule für bildende Künste in Dresden. 1974–1991 war sie Leiterin des Mal- und Zeichenzirkels Lübben und ist seit 1991 freischaffend tätig. Sie absolvierte ein Fernstudium für Belletristik, Karikatur und Comic und Kinder- und Jugendliteratur in Hamburg.

Natur | *Horst Große*

Ich liebe dich, Natur, denn ich bin ein Teil von dir.
Ich genieße deine Reinheit, Unvoreingenommenheit,
so einfach und doch so brillant.
Diese gedankenvolle Stille und doch eine Vielfalt an Lebenslärm.
Offenes Buch und Mysterium, alles das bist du, Natur.
Regen fällt auf mein Gesicht.
Ja, ich weiß, kleiner Regentropfen, du bist das Geheimnis unseres Daseins.
Unser Lebenswasser.
Die Kraft Millionen deiner Geschwister schenkt uns dieses Leben.
Und du, Sonne? Wärmendes Herz, ohne dein Lachen würden wir erfrieren.
Leblos sein, wie die Gefühle einiger Menschen.
Und du, Wiese? Bist Blumenteppich für uns Menschen und Dschungel für dich, kleine Ameise.
Mein Wald, Labsal für meine Seele, entspannen, durchatmen, frei sein, ein Teil werden von dir, vergessen und Kraft tanken für Neues.
Und ihr, meine Sterne. So fern, so unerreichbar, regt ihr mich an zum Träumen.
Meine Phantasie wird beflügelt, gern würde ich euch aus der Nähe betrachten.
Und eine Frage wächst in mir:
Was kommt danach?
Was ist Anfang, was ist Ende? Alles ist ein Kommen und Gehen. Wie der Kreislauf eines Jahres.

Nur du, Zeit, du fließt in eine Richtung, unbeirrbar, nimmst uns mit, zeigst uns unsere Grenzen auf. Unsere Ohnmacht, unsere Vergänglichkeit.
Und wir Menschen, begreifen wir das Meisterstück »Natur«?
Unsere Überheblichkeit, Unfehlbarkeit und Ignoranz, wird sie größer sein als die Liebe zu dir, Natur?
Wir, die Krone der Schöpfung. Wird uns eines Tages diese Krone erdrücken?

Horst Große hat bereits mehrere Gedichte veröffentlicht, u. a. in »Resonanz« 2002, »Resonanz« 2004, im Realis-Verlag 2005 sowie in einer Regionalzeitung.

Café | *Elfriede Hafner-Kroseberg*

Allein unter Vielen
Gemurmelten Worten
Gesten und Blicken
Geräuschen und Dämpfen
Sonnenreflexen auf
Verblassten Tapeten
Genieße ich das Schmelzen
Des Croissants zwischen
Den Zähnen
Hingegeben dem Augenblick
Ein bißchen Erleuchtung
Zwischen Caféhaus-Stühlen

Elfriede Hafner-Kroseberg, 1947 geboren, lebt seit 30 Jahren in München. Die Autorin schreibt seit ihrer Jugend Gedichte und Kurzgeschichten. Sie ist Kunsttherapeutin und Malerin.

Nachklang | *Heinz Peter Hamacher*

Vorm Fenster die Linden
Die von Stürmen umbrausten
Sie drehen sich im Kreise
Und trotzen den Winden
Im Walzerschritt.

Und die Tür meines Hauses
Erinnert sich leise
An die Zeit
Als sie selbst noch ein Baum
Tanzt freudig mit

Knarrt durch den Raum.

Heinz Peter Hamacher lebt in Alfter, Region Bonn.

ATME! | *Alexander Härning*

atme!
atme ein
atme ein dein leben,
atme dir dein eigenes sein,
welches dir so plötzlich, unerbittlich war gegeben!
atme ein die luft, die leben dir geschenkt,
bevor ausatmen ihren duft schrecklich, göttlich gar ertränkt!
atme ein, auf dass du frieden findest,
die erlösung hier und jetzt, die dich deiner furcht entbindet.
atme ein die welt, denn sie ist dein!
atme dir dein eigenes sein,
atme ein dein leben,
atme ein!
atme!

Alexander Härning, Jahrgang 1980, studiert Deutsch und Englisch für das Lehramt an Gymnasien in Augsburg. Seine Gedichte sind bereits mehrfach veröffentlicht worden, sowohl in der Literareon Lyrik-Bibliothek als auch in der Literaturzeitschrift »Der Federlesene«.

sie fühlen sich wie prinzen
sie fühlen sich wie prinzen der stadt

mit ihrem staksigen gang
ziehen sie
kreisen sie
suchen sie
die straßen hinauf und hinab
manchmal mit hunden als gefolge
manchmal mit ein paar frauen an ihrer seite

es gibt den bettler
es gibt den herrscher
was sollten sie sonst schon tun
wenn sie die bettler verachten
denn die bettler sind träumer
knieen da und warten
dass ihnen ein wunder geschehe

sie aber gehen
die straßen hinauf und hinab
markieren und festigen ihr terrain
wie herrscher
so willkürlich in güte und gewalt
stadt nomaden
herrscher über die täglich sich wiederholenden wege
beherrscher ihres selbst ernannten standes

weil sie gehen
fühlen sie sich wie prinzen

Esther Hebein wurde 1951 in Neumarkt in der Steiermark geboren. Heute arbeitet sie als Malerin und Dichterin in Klagenfurt und hat dort bereits verschiedene Ausstellungen im Bereich Malerei, Lyrik und Fotografie gegeben.

Die Liebe | *Kerstin Heber*

Die Liebe ist das Ja zum Leben.
Liebe ist unbedingt weiterzugeben,
Liebe erfahren heißt sie zu
bewahren
Denn ohne Liebe sind wir arm
Egal wie viel Geld wir haben.
Unter Gottes großer Liebe kriegt
Unser Leben erst einen Sinn.
Denn er liebt uns alle so wie wir
sind.

Kerstin Heber ist 20 Jahre alt und lebt in Höckendorf. Sie ist im 2. Lehrjahr ihrer Ausbildung zur Erzieherin.

DER WÄCHTER | *Martina Hegel*

was den wassern
entkam
zählt nicht meine
leben
noch deine

du bist mir
der wächter
der die endlichkeit
vertreibt
sie steigt
nicht mehr
durch die fenster
in den nächten
bedeckt mich
dein wort
dass ich nicht
friere

Martina Hegel wurde 1968 in Neuwied geboren. Sie schreibt überwiegend Gedichte, ist Mitglied im »Dichtungsring« in Bonn sowie im »Forum Literatur« in Ludwigsburg. Mehrere Gedichte wurden bereits in Anthologien und Literaturzeitschriften veröffentlicht.

Grossstadtmeditation | *Helmut Heiland*

Monoton dröhnt der Gong,
kreischt das Abgasabsaugrohr.
Scheuertonmeditation.
Straßenlärm dringt rauschend vor,
Glockenschellen, Hundebellen.
Lasterhupen rumpelnd gellen.
Stille, Lauschen, Brandungsrauschen –
nur nicht Zeit und Ort vertauschen.
Stille Zeit, sei bereit:
morgenstille Heiligkeit.

Helmut Heiland lebt in Bremerhaven und wurde bereits in den Bänden I und II der Lyrik-Bibliothek veröffentlicht.

Schmelz den Tag | *Vera Heimann*

Schmelz den Tag
in deine Nacht
fallen Wunderworte
vom Himmel
und blenden den
der nicht mehr sieht
hör nur:
schneeweiß die Nacht
tiefschwarz der Tag
allgeboren.

Vera Heimann wurde 1953 in Bochum geboren. Sie lebt heute in Wuppertal. Ihre Arbeit führte sie sowohl nach Marokko und Sizilien als auch nach England. Sie hat bereits in diversen Zeitschriften und Anthologien ihre Gedichte veröffentlicht und ist zudem als Künstlerin tätig.

Der Kirschbaum | *Josephine Heine*

Hoch im Himmel steht die Sonne
glühend heiß zur Mittagszeit.
Unbeschreiblich, welche Wonne
der Schatten großer Bäume leiht!

Ein wolkenloses, blaues Zelt
schwebt über diesem Garten.
Das Gras, es dorrt schon vor sich hin,
muss noch auf Regen warten.

Mich schaukelt sanft der Sommerwind
in meiner Hängematte.
Sah ich Kirschen, war ein Kind,
das keine Leiter hatte.

Auch schaukelten sie rot und groß
und wehten in der Krone.
Letztendlich fragte ich mich bloß,
ob sich die Mühe lohne?

Den Kirschbaum hochzuklettern war
ein allzu schwier'ger Plan!
Drum ließ ich's diesen Sommertage
und träumte süß fortan.

Josephine Heine, aufgewachsen in der kleinen Stadt Güstrow in Mecklenburg, befindet sich derzeit auf dem Weg zur Hochschulreife. Die schönen Landschaften des Nordens inspirierten die Autorin schon oftmals zu Gedichten, deshalb schreibt sie bevorzugt Natur- und Gedankenlyrik.

Nachts in der Ferne | *Maria Hengge*

Ich habe mein seidenes Kleid angezogen,
meine Strümpfe haben Löcher
und du erklärst mir den Fahrplan.
Einnisten will ich mich bei dir und ziehe meine Schuhe aus.
Du lachst und deine Zunge kitzelt mich.
Ich könnte öfters bei dir sein, doch meine Augen sehen weit.
Ich kann nicht lesen, was du mir erklärst,
aber ich höre den Zug nachts in der Ferne.
Er bleibt nicht stehen und meine Zehen frieren,
nachts allein in der Ferne.

Maria Hengge, geboren 1970 in Chicago, wuchs in München auf und absolvierte ein Schauspielstudium am Max Reinhardt-Seminar in Wien. Sie war vier Jahre lang festes Ensemble-Mitglied am Wiener Burgtheater und arbeitet nun als freie Schauspielerin in Berlin und Wien. Sie schreibt bereits seit einigen Jahren. Dies ist ihre erste Veröffentlichung.

Halbmond | *Dörte Herrmann*

Für F.

Halbmond bin ich
neben dir
auf dunklem Himmel
umschließe ich
deinen Leib

Meine Zehen kleine Strahlenfinger
kühlen deine Knöchel
Hände strählen
dein Haar
halten sich fest
an den grauen
leuchtenden

Dein Schlaf ozeantief
wir verlieren uns nicht darin
halten uns fest
Atem wellt
über mein Gesicht

Du öffnest die Augen
in mein Nachtgrün zu sehen
weckst mich mit Tauküssen
auf die Flügel meiner Nase
ich strahle
heller

Dörte Herrmann lebt in Berlin.

Dunkler Himmel | *Detlef Heublein*

Und ist der Himmel auch bedeckt,
will ein Gewitter sich erheben,
scheint auch die Seele stark befleckt,
es wird für dich ein Morgen geben.

Der Morgen wird die Chance dir bringen,
die dunklen Wolken zu verjagen.
Es wird ganz sicher dir gelingen,
die vielen Zweifel zu zerschlagen.

Dann wird die Sonne wieder strahlen,
die Freude kehrt zu dir zurück.
Du wirst in bunten Farben malen,
dein eignes und der andern Glück.

Detlef Heublein wurde 1962 in Staßfurt geboren und wohnt derzeit in Erfurt. Seit zwei Jahren zählt das Schreiben von Gedichten zu seinen Hobbys.

Kontraste | *Andrea Hoffmann*

Wie könnten wir wohl den Mai verstehen,
hätten wir nicht den November gesehen
mit seinen verwasch'nen Konturen
und Nebel auf allen Fluren.
Wie kann man genießen die Blütenpracht,
die uns zeigt des Frühlings aufbrechende Macht,
ist man nicht vor dem Tode erbebt,
und hat Verwandlung in sich erlebt?

Wie kann man sich öffnen dem Sonnenstrahl,
hat man im Winter nicht voller Qual
mit steifen Händen im Frost sich bewegt,
wohl wissend, es ist bereits angelegt
neues Leben, noch schützend umhüllt,
aber doch jeder Zeit gewillt,
sich zu entfalten in Farbe und Form.
Jedem gab die Natur ihre Norm.

Kontraste hält uns das Leben bereit,
sie bringen beides, Freude und Leid.
Nimm an ihre Vielfalt, wünsch' nie dich zurück,
dann in der Wandlung erlebst du das Glück.

Andrea Hoffmann lebt in Calau. Ihre Gedichte wurden bereits in zahlreichen Anthologien veröffentlicht.

Vergangener Sommer | *Michaela Hofmeister*

Wir kreuzten die Finger,
Wie Kinder,
Die Brüderschaft schließen
Und auf ihre Geheimnisse schwören.

Mit geschlossenen Augen
Saßen wir uns schweigend gegenüber
Und als wir sie öffneten,
Spiegelte sich der Mond im schwarzen See.

Tausend kleine Blitze schossen durch die Nacht
Und Glück
War nicht bloß ein Wort,
Auch keine ferne Zukunft –
Es war genau der Moment,
In dem ich dich sah und erkannte,
Dass dieser Sommer besonders sein würde.

Und als er vorüberging,
Die ersten Blätter von den Bäumen fielen,
Da trauerten wir nicht nur
Um das Ende dieses Sommers –
Auch leise
Um das Ende einer Sommerliebe.

Michaela Hofmeister wurde 1979 in Dinslaken geboren und ist dort aufgewachsen. Nach dem Abitur begab sie sich für 13 Monate in die USA und arbeitete dort als Au Pair in einer amerikanischen Gastfamilie. Derzeit bereitet sie sich auf das erste juristische Staatsexamen an der Universität Bielefeld vor. In der Lyrik-Bibliothek IV wurde bereits ein Gedicht von ihr veröffentlicht.

Zusammen | *Frank Hohl*

Wieder verwöhnte dein Atem
die Uhr unter dem Fenster
Hüllten sich unsere Glieder
in Schatten fliehender Wolken
Und schmiegte sich das Sichellicht
in unsere geöffneten Hände

Wieder ahnte ich im Herzstück
der Nacht dein fragendes Lächeln
Die bilanzierenden Träume, die
eine Stirn im Luftzug verwüsten
Und sogar der überwachte Himmel
zog seine Lichter überhastet ein

Da krönte deine Silhouette
das rötliche Band am Horizont
Fuhr ich mit ausgestreckter Hand
über dein glühendes Lachen

Und nur ein Fingerspitzenfunke genügte
das Gefieder stoischer Raben
in buntes Grau zu verwandeln

Frank Hohl, Jahrgang 1954, ist seit 1989 verheiratet, hat eine Tochter und lebt in Düsseldorf Kaiserswerth. Er hat bereits mehrere Kurzgeschichten, Gedichte und ein Sachbuch veröffentlicht.

Mantra zur Nacht | *Matthias Höhnel*

manchmal bin ich schön
wenn zwischen den zwielichtern
der barhocker tanzt.
wenn sogar mitten in der stadt
die wüste lebt.

draußen auf der straße,
wenn der nachtwind mir aus kellerlöchern hinterher pfeift,
spüre ich erde unter dem asphalt
(und halte aufgeweichte zigarettenkippen für was organisches).
dann sehe ich in schaufensterspiegeln
mein anderes gesicht.

manchmal ist es schön.

Matthias Höhnel, 1960 in Dresden geboren, studierte in Erlangen Theaterwissenschaften. Er ist verheiratet und hat zwei Kinder.

Spuren | *Enisa Hrbatovic*

Und wenn ich fort bin,
bleiben Spuren, meine Spuren.
Meine und Deine.

Jeder Atemzug von Dir,
jede Bewegung von mir,
haben Spuren auf uns
und zwischen uns gelassen.

Spuren so fein,
dass sie außer uns
keiner bemerken wird.

Spuren so tief,
dass sie Jahrhunderte
nach uns noch da sein werden.

Und wenn Du fort bist,
bleiben Spuren, Deine Spuren.
Deine und meine.

Enisa Hrbatovic wurde 1982 in Zvornik, einer kleinen Stadt im Osten Bosniens, geboren. Während des Krieges hat sie von 1993 bis 1998 mit ihrer Familie in München gelebt. Heute studiert sie Germanistik an der Universität in Tuzla, Bosnien.

Die Amsel,
auf Antwort hoffend
in der Einflugschneise,
läßt nicht nach
zu jubilieren
am Abend –
unter dem Pulk
der Bomber
auf Südkurs,
reich bestückt
mit himmlischer Speise.

Die Amsel
wird auch am Morgen,
wenn,
leicht und frei,
die Meute zurückkehrt,
anhaltend jauchzen,
beharrend darauf,
daß Frühling sei.

Angelika Immerath, geboren 1936 in Berlin, war lange im Schuldienst tätig. Seit 1962 verfasst sie Rezensionen, seit 1983 Lyrik, Kurzgeschichten und Erzählungen. Einige ihrer Werke wurden bereits veröffentlicht.

Herz | *Venera Isufi*

Das, was sich immer bewegt,
Ist dein Herz.

Das, was immer so flattert,
Ist dein Herz.

Das, was bei Dir ist,
Ist ihr Herz.

Aber das, was zerbrochen ist,
Ist mein Herz.

(An Michael K.)

Venera Isufi kommt aus dem Kosovo und wohnt in der Nähe von Frankfurt am Main. Zurzeit absolviert sie ein Freiwilliges Soziales Jahr. Eines ihrer Gedichte ist bereits in der Literareon Lyrik-Bibliothek erschienen.

Gelähmte Flügel | *Beatrix Jacob*

Voll Abenteuerlust und Lebenshunger am Anfang,
auf der Reise in das Leben und seine Achterbahn,
frag ich heut manchmal, was ist von Träumen geblieben,
dem Glauben an mich und an die Wunder der Schöpfung,
erstickt am Größenwahn der Zeit und Eitelkeit,
fühl ich mich wie ein Adler mit gelähmten Flügeln!

Gebrochen mein Herz auf den Wegen des Lebens,
sich nach Liebe sehnend dem Kalkül der Erwartungen,
sich stark gebend es diesem Wahn gebeuget
Man kann nicht des Schicksals Weg erahnen,
welche Hindernisse uns auf unserm Weg bestimmt,
man oft sich nur in kranken Tagen so oft besinnt,
dass die Werte des Lebens und Seins kostbar sind,
gelähmte Flügel die heilen, ein Geschenk wohl sind.

Worte des Trostes, wie sie uns so oft fehlen,
in einer gesellschaftlichen unbarmherzigen Wertekategorie,
Kämpfe im Größenwahn,
wider das Geschenk des Seins eines Menschen,
der nicht erfüllen kann der Erwartung Norm,
böses Gift von Kleinstadtratsch und Scharfrichtertum,
es lähmt seine Flügel zu Leben, weil die Liebe fehlt.

Beatrix Jacob hat ein Hochschulfernstudium als Diplom Ingenieur Ökonom absolviert und bildete sich 1991 zur Beauftragten für Umweltschutz weiter. Ihre Gedichte wurden bereits mehrmals in der Lyrik-Bibliothek von Literareon veröffentlicht.

Das Meer | *Uschi Janke*

Das Meer in seiner schillernden Weite
Domäne der Fischer und Reisenden
Bleibt ewig geheimnisvoll in seiner
Unergründlichkeit und seiner Faszination.

Sich wandelnd von einem sanft dahin gleiten
Zum schaurigem Heranrollen von endlosen
Wasserbergen geballt zu haushohen Wellen

Wo blieb seine geruhsame stille Erhabenheit
Die Wirkung seiner plätschernden Wellen
Die sanft die gestressten Nerven entwirren
Wie das Streicheln einer geliebten Hand
Bis Schlaf und Träume Glück vorgaukeln

Was ließ das Meer so zornig werden?

Uschi Janke wurde 1928 in Amsterdam geboren. Die Mutter von drei Töchtern führte ein eigenes Großhandelsgeschäft, ist neben ihrer Tätigkeit als Autorin auch Schmuckdesignerin. Ihr Erstlingswerk »Mut zum Ja« erschien 2004.

Der Überredungskünstler | *Roswita Jakopčević*

Er nagelt dich mit Worten fest
und lässt dich glauben,
es sei dein Manifest.

Er windet deine Gedanken
um seine Programmatik
und deine Überzeugung verliert an Statik,
bis sie zerschellt, nach kurzem Wanken.

Drum gib fein Acht,
hegst du den Verdacht,
jemand wolle an dein wichtigstes Gut:
Wir sprechen hier von Meinung und Mut.

Roswita Jakopčević ist Fremdsprachensekretärin und nimmt an Literaturwettbewerben teil. Ihre Gedichte wurden bereits in mehreren Bänden der Literareon Lyrik-Bibliothek veröffentlicht.

Wer auch immer Liebe schenkt | *Manuel Jauth*

Wer auch immer Liebe schenkt,
Reich der schönsten Gabe,
Jeder braucht,
Auch der, der denkt,
Glüht es uns fort,
Manch einem fällt's schwer zu zeigen,
Jedermann berührt,
Alle müssten dazu neigen,
Hass wird geschürt,
Krieg birgt alle Arten des Verlustes,
Und Liebe glüht um zu sein,
Bildet so Groß im Klein,
Liebe wärmt, Hass verbrennt,
Dort, Hier und weiter der kennt,
Lauft dem weit,
Wie weit er doch rennt …,
Zur warmen Seit',
Und wenn uns diese Gabe jemals entflieht,
Dann ist's wohl mehr Hass
Als Liebe, die man sieht …

Manuel Jauth, Jahrgang 1985, ist in Steindorf am Ossiachersee aufgewachsen und absolviert derzeit eine Ausbildung zum Krankenpfleger. Er hat bereits ein Gedicht veröffentlicht.

Zeit für sich selbst | *Horst Jesse*

Persönliche Zeit ist unbezahlbar
Einmaliges Ich
Mein Leben
Wer regiert es?

Heute nehme ich mir Zeit
Für die eigenen Quellen
Zeit zum Zuhören
Augenblicke der Liebe.

Ich tanze nach meinem Rhythmus
Sonne, Regen und Musik
Unerwartete Begegnungen erfreuen
Arbeit füllt die Zeit aus.

Drei Dinge helfen zum Überleben:
Glaube, Liebe, Hoffnung.
Sie vertreiben die Melancholie
Der Lauf des Lebens steht nicht still.

Glück fängt immer heute an,
Offen für den Wechsel der Zeiten.
Auch wenn nur eine kleine Falte in der Ewigkeit
Bin ich eingeladen zu leben.

Dr. Horst Jesse, Jahrgang 1941, ist Pfarrer der Evang. Luth. Landeskirche in Bayern. An der LMU promovierte er über die Lyrik Bert Brechts. 1984 gründete er in Augsburg den Bert-Brecht-Kreis. Von Pfarrer Dr. Horst Jesse erschienen bereits mehrere Werke zu theologischen, kirchengeschichtlichen und literarischen Themen, u. a. »Faust in der bildenden Kunst« und »Leben und Wirken des Philipp Melanchthon« bei Literareon.

WINTERFAHRT | *Kim Johannsen*

Reifen zermalmen Sterne aus Schnee,
ich fahr allein durch die klirrende Nacht.
Am Straßenrand wachsen Geister
Arme greifen nach mir –
knorriges, altes Geäst –
ich flieh durch die Nacht
Schatten über mir –
auf der Straße –
ich fahr sie tot,
hetz durch verschneites Land,
Lichtern entgegen, in die Stadt.

Seit ihrem zehnten Lebensjahr schreibt Kim Johannsen Gedichte, die regelmäßig veröffentlicht werden. Für die deutschsprachige Kindersendung des belgischen Rundfunks schrieb sie bereits Märchen. Darüber hinaus zählen auch Kurzgeschichten und Satiren zu ihrem Betätigungsfeld.

Unaufhaltsam rinnt der Sand
durch die Finger jeder Hand.
Traumverloren schwankt der Kahn
übers Meer in dem Kanal,
streifend der Paläste Pracht,
Zeichen herrschaftlicher Macht,
komplettiert vom Campanile.
Masken lauern an der Wand,
zurren fest ein schwarzes Band.
Auf die festgelegte Bahn
lockt ein schauriges Fanal
von der Insel San Michele.

Erhard Jöst wurde 1947 in Mannheim geboren, promovierte 1976 an der Universität Heidelberg und arbeitet seit 1981 als Gymnasiallehrer in Heilbronn. Er schreibt hauptsächlich Satiren, leitet das Heilbronner Kabarett GAUwahnen und veröffentlichte zahlreiche Bücher und Beiträge in Zeitschriften und Anthologien.

Sonnenerwachen | *Rebecca Junge*

Der Frühling lässt das Grau verblassen,
um zarten Farben Platz zu machen.

Erste Sonnenstrahlen wecken die Knospen auf,
grüne Blätter nehmen an dünnen Ästen ihren Lauf.

Wenn alles herrlich blüht und gedeiht
Sind Herzensgefühle auch nicht weit.

Vögel zwitschern die schönsten Lieder
Und die Hasen hoppeln wieder,

im saftig grünen Grase,
doch auch das ist nur eine Phase.

Rebecca Junge wurde 1985 in Berlin geboren und lebt dort heute mit ihrem Freund in Staaken (Spandau). Bis zum Sommer 2006 besucht sie das Oberstufenzentrum für Wirtschaft und Verwaltung. Im Anschluss an ihr Fachabitur möchte sie dann ein Fernstudium zur Kinder- und Jugendbuchautorin absolvieren.

Unbemerkt | *Dagmar Katharina Kapela*

Im tiefsten Herzen des Waldes
Erheben sich Bäume aus eigener Kraft.
Blätter schweben und gleiten zu Boden.
Feuerrote und ausgelaugte.

Plötzlich braust eine Stimme auf.
Aus menschlicher Kehle?
Längst ist sie verstummt. –
Abgesandte des Herrn der Finsternis
Sie haben sie schon oft vernommen.

Es ranken sich Märchen und Sagen
Tief verborgen im Herzen.
Es kniet ein weibliches Wesen, eingehüllt in Seide
Eingehüllt in Lumpen, mit wallenden Haaren
Wirr durchschüttelt es ihren Leib
Und sinnlose Laute entkommen.
Doch da stürzen auf sie, die Reiter der Nacht.

Übrig geblieben sind die Schreie,
Die Laute, das Summen, der Wind.
Noch heute wandeln die Bäume
Noch heute sind wir blind.

Dagmar Katharina Kapela ist 1984 geboren und lebt in Augsburg.

Seele
in Seele
mit dir
will ich tanzen
auf Wiesen
an Bächen vorbei
die es
danach niemals gab

allein
nur zu Zweien
unter
Flüssen
und dir
einen Mondstrahl schenken
verfangen
im Netz
Phantasie

Trampelpfade
im Lehm
gebrochener Kruste
sollen
unser Glück
traumwandlerisch
führen
zu wispernden
Binsen
wiegen dem Winde Spalier

wir schreiten
dann
in lachender Ehrfurcht
gemessenen
Schrittes
durch
die hehre Pforte
Natur

Ingo Karwath wurde 1960 in Zwenkau geboren. Mit seiner Familie lebt er heute in Köln. Künstlerische Aufmerksamkeit genoss er bisher durch verschiedene Ausstellungen in Zürich, Straßburg, Köln und Konstanz sowie durch einige kleine Buchpublikationen.

Herbstweise | *Brigitte Kemptner*

Herbstlaub liegt jetzt auf der Straße,
die braunen Blätter fallen sacht.
Die letzten Rosen in der Vase
sie leuchten gelb in ihrer Pracht.

Bald werden raue Winde wehen,
des Kindes Drachen steigt empor.
Durch Nebel kann man wenig sehen,
Kälte steigt aus der Erde hervor.

Oft wird die Sonne sich verstecken
hinter einer grauen Wolkenbank.
Regen wird die Erde bedecken,
das Wetter macht so manchen krank.

Noch einmal geh' ich in den Garten,
bald sieht hier alles düster aus.
Und bis zum Frühjahr muss ich warten,
dann treiben wieder Knospen aus.

Brigitte Kemptner wurde 1952 in Hessen geboren, ist verheiratet und hat zwei Töchter. Sie verfasst Kurzprosa und Lyrik seit ihrer Jugend.

Erwacht | *Jürgen Kirschner*

Geradlinig
Von der Stimme erwacht
Schweigend gehen
In dunkler, weißer Winternacht

Fühl den Schnee
Um Form zu geben
Zartweiße leise rieselnde Winternacht

So verwischen die Spuren im Schnee
Bis der Morgen erwacht
Die da suchen, was sie nicht finden
Aus erkannter Hoffnungslosigkeit
Nicht rechtzeitig erkannt zu haben
In dunkler, weißer Winternacht

Ist gegangen, wer den Schnee im Herbst schon sah
Wo bunte Blätter in allen Farben
Vom Hauch des Windes gefallen
Wärmt heute wieder zarter Sonnenschein
Entstanden aus dunkler, weiser, weißer Winternacht

Jürgen Kirschner, geboren 1964 in Heggen, Kreis Olpe, lebt in Stuttgart. Nach seiner Lehre im Bauhandwerk folgte Weiterbildung auf dem Abendgymnasium und Studium der Kultur- und Sozialwissenschaften. Heute schreibt er hauptsächlich Lyrik aber auch Prosa mit gesellschafts- und sozialkritischen Themen.

Gang der Abwägung | *Klau|s|ens*

Im Wiegen der Schritte
Beruhigt sich sein glasiger
Blick der auf ihren Schultern
Liegt wie ein ausrangiertes
Bett vor der erträumten
Wohnung schwanken sie dahin
Als sei es nie anders für
Sie gewesen die doch nur
Ihrer Eitelkeit gedachte
Waren sie noch Mann und
Frau in jenen Dokumenten
Die dem Gericht vorlagen
Wobei sie den Blick jetzt
Abwandten als Fotos vom
Blutig zerschlagenen Schädel
Herumgereicht wurden und
Der Mörder noch stets den
Kopf hin- und herwiegte
Weil sie ihn nicht wollte
Sie die überall herumspukte
Als begehrliche Unordnung
Die jetzt aufgeräumt in
Einer ihm gewogenen Urne liegt
Wo er über sie gänzlich
Hinwegschreiten könnte
Ließen sie ihn nur mal frei

Klau|s|ens wurde 1958 in Krefeld-Uerdingen geboren. Der ausgebildete Drucker studierte Publizistik und Amerikanistik in Berlin. Er war bis 2005 am Goethe-Institut tätig. Klau|s|ens schreibt Romane, Lyrik, Prosa, Essays und Kurzgeschichten.

Wenn … | *Kezia Bärbel Klawunn*

Wenn man weiß wie die Sonne aussieht,
wenn man weiß wie Blumen aussehen,
wenn man weiß wie Federn aussehen,
wenn man weiß wie Schmetterlinge aussehen,
wenn man weiß wie Sterne aussehen,
wenn man weiß wie Korallenriffe aussehen,
wenn man weiß wie Papageien aussehen,
dann weiß man wie du aussiehst.

Kezia Bärbel Klawunn wurde 1993 in Essen geboren und wuchs in Castrop-Rauxel auf. Bereits im Grundschulalter schrieb sie mit Begeisterung kurze Geschichten. Im Alter von 11 Jahren schrieb sie ihr erstes Buch »Morgensterne in Spanien«. Später möchte sie Schriftstellerin werden.

Rätselworte | *Elisabeth C. Klock*

Zwiegespräch
halten
mit den Sternen
des Tages

Trost
suchen
bei den Sonnen
der Nacht

Rätselworte
der Einsamkeiten
dem Mond
anvertrauen

wenn Wolken
den Himmel
freigeben
im Schlaf

Elisabeth C. Klock lebt in Leer und war bereits in den Bänden I–IV der Lyrik-Bibliothek mit ihren Gedichten vertreten.

Utopie oder? | *Ulrike Christa Köhler*

In Chinas Bergen lebt eine Frau,
Die holte kein Brennholz aus spärlichem Wald,
Sondern pflanzte Bäume ums Haus,
Und nicht wie die Nachbarn, Gemüse und Reis

Doch bei dem nächsten Regenschutt
Brechen die Hänge rechts und links
Ihr Haus und Garten bleiben jedoch
Ein unberührtes Paradies.

In Afrikas Weite lebt eine Frau,
Die pflanzt mit Menschen, die ihr vertrau'n,
Tausend Bäume in den Wüstensand
Dahinter entwickelt sich fruchtbares Land

Andere wieder häufen Steine
als Schutzwall gegen den Wind
Langsamer trocknet die Erde nun aus
Hinter dem Wall gedeiht wieder Mais

In Texas brennt die Sonne heiß
Menschen leben klimatisiert
Unter der Erde rinnt schwarzes Gold,
Für mehr davon wird Krieg geführt.

Die Wüste jedoch in diesem Land
Die liegt so groß, so heiß, so leer
Mit Fotovoltaik überdacht
Gewönne man Energie und mehr.

Doch Männer besitzen das Öl
Männer beherrschen den Markt
Männer kämpfen im Krieg
Männer sind manchmal auch schwach

Wo ist das Heer der tapferen Frauen,
Die heute sich mühen, zu retten ihr Feld?
In meinen Träumen sehe ich schon,
wie ameisengleich sie verwandeln die Welt.

Ulrike Christa Köhler, 1938 geboren, wohnt in Kronberg/Taunus. Seit etwa 10 Jahren schreibt die Autorin Gedichte.

Schneeflocke | *Iris Köhler-Terz*

Im Winter schenktest du mir
eine Schneeflocke
als Zeichen deiner Liebe.

Im nachfolgenden Frühling
war beides
dahin geschmolzen.

Iris Köhler-Terz, geboren 1961, ist von Beruf Kindergärtnerin und arbeitet jetzt in einem Klinikum. Einige ihrer Gedichte wurden in verschiedenen Anthologien veröffentlicht. Das Gedicht »Wundgescheuert« erschien 2005 im Band IV der Literareon Lyrik-Bibliothek.

Gott ist meine Lanze | *Alexander Köhnlein*

Gott ist meine Lanze,
er ist mein Stab,
kein Weib mir so wichtig ist,
welch Weib ist es wert, Gedanken zu vergießen,
oh, keines, denn wo die Münze klingt,
da wird sie ihre Schritte tun,
und wie eine tückische Schlange lauern,
jedoch mein Ich sie meiden wird.
Meine Zunge giftiger ist,
mein Geist zur Lähmung trägt,
Gott, ich liebe ihn.

Alexander Köhnlein ist Künstler, Schauspieler und überzeugter Christ. Er ist Mitglied im »Club der raren Schreibkunst«.

Die Damenmode macht im Lenz
den Blumenläden Konkurrenz.
Auf Kleid und Hut wird nun kreiert,
was eigentlich sonst Vasen ziert.
Doch steckt in solcher Art Kostümchen
zuweilen auch ein Mauerblümchen.

Jutta Kopischke, Jahrgang 1944, ist Mitglied im 1. Chemnitzer Autorenverein e. V. Nach der Oberschule absolvierte sie ein Pädagogikstudium und ist heute an einer Chemnitzer Grundschule tätig. Ihre Gedichte wurden in mehreren Anthologien veröffentlicht.

Ich habe eine Frage | *Isabel Kowol*

Soll es so sein,
wie es gerade ist,
oder soll ich kämpfen um mein Glück?
Ist es wirklich besser
oder soll ich sagen
»Ich liebe dich«?
Ist es der Neid,
der mich dazu treibt,
oder der Glaube,
der mich zerreißt?
Kann es sein,
dass er mich liebt,
oder ist es nur ein Spiel?
Bild ich's mir nur ein
oder soll es wirklich sein?

Die Frage steht nun hier
auf diesem Blatt Papier.
Nun frage ich: ist es nur ein Gedicht
oder ist es mehr,
ich weiß es nicht.

Isabel Kowol, geboren 1990 in Leipzig, ist Schülerin. In Band III der Lyrik-Bibliothek wurde bereits eines ihrer Gedichte veröffentlicht.

War er wirklich immer so wie jetzt?
Hat er nicht immer stundenlang das Bad besetzt?
Kam er nicht immer betrunken heim?
Ließ er mich nicht immer so lange allein?
Hat er mich nicht tagelang angeschrieen?
Letztendlich musste ich vor ihm fliehen.

Hat er sich wirklich gebessert und verändert?
Hat er sich um hundertzwanzig Grad geändert?
Soll ich jetzt seinem gütigen Verhalten trauen?
Kann man alles Vergangene vergessen und wieder vertrauen?
Ich kann es nicht verzeihen, lasse ihn fallen.
Schenke ihm Verachtung! Das wird ihm gefallen.

Von Christian Krüger sind bereits mehrere Gedichte in der Lyrik-Bibliothek veröffentlicht worden. Bei Literareon erschienen zudem seine beiden Gedichtbände »Das Leben ist eine Achterbahn« und »Im Strudel des Lebens«.

Nie mehr ohne Dich | *Manuela Krüger*

Eine Sekunde ohne Dich,
ist wie der Himmel ohne Sterne.
Eine Minute ohne Dich,
ist wie die Nacht ohne Mond.
Eine Stunde ohne Dich,
ist wie ein Morgen ohne Sonne.
Ein Tag ohne Dich,
ist wie eine Rose ohne Blüten.
Eine Woche ohne Dich,
ist ein Lebewesen ohne Herz.
Ein Jahr ohne Dich,
ist für mich wie eine Welt ohne Leben.
Ich kann nicht mehr ohne Dich.
Ich fühle mich leer, unverstanden und einsam.
Mir fehlt Deine Liebe, Zärtlichkeit, Geborgenheit
und Deine erfüllende Wärme.

Manuela Krüger lebt in Maintal.

Winterkindervollmond | *Udo Kunstmann*

Ein Kind nennt das Wort: Wintervollmond

Sonne der Neuschöpfung aus kindlichem Gemüt!
Denn wer Fragen an die Welt hat
aus dessen Fantasie blüht
neues Leben.
Wintervollmond. Winterkindervollmond!

Fernab von den Gesetzen der Großen
sieht es die Welt klar und nackt
trotz pludriger Sandkastenhosen.

Denn ein Schneckenhaus bleibt kein Unikum
in seinem Sammelsurium
und wenn es einen Purzelbaum schlägt
so dreht sich die ganze Welt mit ihm
eine Runde um die bunten Sterne herum.

Udo Kunstmann wurde 1966 in Weißenfels (Nähe Halle/Saale) geboren. Seit seinem 18. Lebensjahr schreibt er Gedichte, Kurzgeschichten und Essays. Sein größter Erfolg war der 1. Preis für einen Essay.

Kurz war die Zeit | *Siegfried Kyek*

Die Zeit mit dir war wunderschön,
wir liebten uns und gingen Hand in Hand,
im Park und über grüne Wiesen.
Sahst du mich an,
schmolz ich dahin und sah das Meer,
so tief und doch so nah,
in deinen himmelblauen Augen.
Wir bauten unser Haus, gedankenleicht,
die Zukunft lag vor unserer Tür,
nichts konnte uns mehr trennen.

Doch dann, am dreizehnten Dezember,
ging ich zu dir, stand vor der Tür,
und sah dein abgedunkelt' Fenster.
Ich durfte rein, sah dich im Bett,
der Boden begann mir zu entgleiten,
so elend schwach lagst du vor mir.
Ich trat zu dir, du schaust mich an,
und doch schaust du in weite Ferne.
Dein Blick, dein Haar, dein schöner Mund,
den ich so sehr begehrte,
war fahl und grau und leer.

Meine Gedanken schlugen Purzelbäume,
mir wurde heiß und kalt zugleich,
»warum bist du nicht letzte Nacht,
bei mir in meinem Arm geblieben?«,
so dachte ich noch, und dann …
sank ich hinab und sah zugleich,
in deine himmelblauen Augen.

Ich wachte auf, »wo war ich nur?«,
ich sah um mich nur fremde Menschen.
Hab ich geträumt, tu ich es noch,
wo ist nur dein Gesicht geblieben?
Es klärt sich auf, mein Kopf ist schwer,
wie komm ich überhaupt hier her?

»Dir geht es gut«, wird mir gesagt, »sei stark,
dein Freund liegt nebenan im Sarg,
er hat zum letzten Mal von diesem Zeug,
etwas zu viel genommen.«

Siegfried Kyek, 1941 in Berlin geboren, lebt in Kaufbeuren/Allgäu. Der Werkzeugmachermeister i. R. ist Mitglied im »Autorenzirkel Allgäu«. Verfasser der Bücher: »Kaufbeurer Profile« (1999), »Meine Kinderzeit im Krieg« (2001), beteiligt an den Büchern: »Sagenhafte Märchen« (2004), »Wintermärchen« (2005), »Ein Zeichen von dir« (2005), »Wortlese« (2006) u. a.

SEPTEMBER | *Jochen Langkabel*

Von reicher Ernte freie Felder,
bereit für Früchte frischer Saat –
sie atmen aus die Sommerwärme
des Tages in die kühle Nacht,
aus der ein zarter Nebelschleier
sich schwebend senkt über die Fluren
am von den ersten Sonnenstrahlen
im Morgentau erweckten Tag …

Aus Nebelschwaden wabern Wälder
im Dunst zerfließend grau und fad.
Noch fern geschäftigem Gelärme
erhebt sich mit der Sonne Macht
in ihrem mild wärmenden Feuer
tief unter dem lichtklar azuren
gewölbten Himmelszelt mitmalen
ein Tag – den Herbst ankündend zag …

Die Luft kühlt ab; der Wind weht kälter,
lässt ahnen, dass ein Winter naht.
Zum Süden ziehen Vogelschwärme.
Der Sommer weicht in bunter Pracht.
Die Nacht träumt aus. Der Tag – ein neuer –
ahnt bald die abendlichen Spuren.
Die reiche Sommerernte mahlen
des Herbstes Mühlen Flügelschlag!

Dr. Jochen Langkabel, Jahrgang 1928, ist seit der Pensionierung 1993 u. a. schriftstellerisch tätig. Bisher wurden zwei Gedichtbände und das Taschenbuch »Akte Sorgenkind« von ihm veröffentlicht. Außerdem ist er mehrfach in Anthologien, auch des Literareon-Verlags, vertreten und hält Lesungen u. a. am Literaturtelefon in Kiel.

Das Meer | *Monika Laupus*

Mit rauer, fremder Stimme
spricht es
berauschend
endlos weit
zu mir

das Meer

hat die Küste verlassen
Ich folge ihm in Gedanken
ohne meinen inneren Kern
umhüllt
von graublauen Trauerschatten
zu hellen Sonnenstrahlen
vergangenen Granitfelsen
Ich habe meine Tiefe verloren
und warte
zweifelnd
auf die schäumenden Wellen
ohne Wiederkehr

Von Monika Laupus wurde 2004 das Manuskript »Die vierte Wirklichkeit« im Paranus Verlag veröffentlicht.

wenn der adler seine schwingen weitet
und auch der schimmel wieder richtung himmel reitet,
dann will ich alles grün verjagen
und den tau von jedem grashalm schlagen

morgensonne, sag, kannst du nicht schlafen?
wofür musst du den mond bestrafen?
bist du es nicht leid, die kinder zu wecken
und sie mit spiegeln zu erschrecken?

nein, weinen will ich nicht,
doch wenn der adler seine schwingen weitet
und federleicht meiner nacht entgleitet,
dann will ich lieber die erde küssen,
als dich, sonne, begrüßen zu müssen.

Lucia Lechner wurde 1988 in Hainburg an der Donau geboren. Zurzeit besucht sie das Gymnasium Bruck/Leitha. Sie engagiert sich zunehmend für ihre Gedichte und wurde 2005 veröffentlicht.

WOHIN | *Annemarie Lenkeit*

Ein Blatt –
zwischen gelb und rot –
abgenabelt von seinem Baum,
an dem es –
grün und voller Saft –
Tau trank
an den Morgen des Sommers,
Schatten spendete
in der Hitze des Tages –

segelte mit dem Wind daher,
landete auf meiner Hand –

leise zitternd –
als wolle es Atem holen,
ausruhen vom Flug durch den Herbst –
eine kurze Weile nur –

segelte wieder davon mit dem Wind –

entwurzelt –

wohin?

Annemarie Lenkeit wurde 1931 in Windenburg (Ostpreußen) geboren. Sie arbeitete als Lehrerin und Sachbearbeiterin. Von 1978–1981 absolvierte sie ein Fernstudium am Institut für Literatur Leipzig. Seit 1989 ist sie Leiterin des Literaturkreises »Wilhelm Müller« in Dessau. Ihre Prosa und Lyrik hat sie bereits in zahlreichen Anthologien veröffentlicht. Das Kinderbuch »Antje« erschien im Felis-Verlag in Dessau.

Die Nacht hat kalte Hände,
denn du bist nicht bei mir.
Der Mond malt Schatten an die Wände,
mein Herz erfriert, sehnt sich so sehr nach dir.

Durch meine Seele geh'n Gespenster,
ich schließ' die Augen, du bist da.
Fliegst in mein Herz wie durch ein Fenster,
bringst Wärme mit, bist mir so nah.

Doch weiß' ich längst, die Liebe ist zu Ende,
bist nur in meinem Traum bei mir.
Die Nacht hat kalte Hände,
ich bin allein, kommst nie zurück zu mir.

Sibylle Lewin, Jahrgang 1944, lebt in Berlin. In ihrer Freizeit beschäftigt sie sich mit Lesen Malen und Gedichte schreiben. Außerdem hält sie sich mit Sport und Yoga fit. Im Band IV der Lyrik Bibliothek wurde bereits ein Gedicht von ihr veröffentlicht.

Schuldige | *Tobias Lewkowicz*

nonnen // schwarz-weiß /
steif gefaltet

hat die kante // abgelegt /
ins blut entfaltet /

kurz // blick /
zur schmerz // überlagerung

bißchen // ödipus gespielt /
nur mit titten

lächeln über // stunden /
in dunklen kammern

nicht so // recht /
das kritze-kratze sein

die brüder irgendwo /
vereint // körperlos

alles zum trauern // angeregt /
dann die unschuld // in person geben

der übel größtes // ist die schuld /
bin übergroß // geraten

Tobias Lewkowicz, Jahrgang 1984, lebt in Berlin.

Liebe, ein so deutsches
Wort, denn die
kurze Härte der
Buchstaben stehen im
Missverhältnis zum
Inhalt und die
zwanzig Namen der
Inuit für
Schnee schleudern uns
Kälte in
Geist und
Hose.

Wolfram Liebing, Jahrgang 1955, hat lange bei einem Holzgestalter und Messebauer gearbeitet und ist im Augenblick in einer »Ich AG« tätig. Seit der Wende hat er seine Werke in verschiedenen Anthologien sowie im Selbstverlag publiziert.

EISZEIT | *Hans-Joachim Liese*

Immer mehr Land
wird zu Stadt
In den Städten
wird es immer heller
in den Herzen
immer dunkler
Die Menschen reiben ihre Körper
an ihrer Hektik warm
erkalten im Innern
Der Gletscher des Egoismus
wächst unaufhörlich
Es gefriert der Raum
die Zeit
Seelen werden Eis

Die Schnäbel der Raben
Prallen von der
steinernen Wiese zurück

Von Hans-Joachim Liese, freier Schriftsteller und Redakteur, wurden bereits verschiedene politische Sachbücher veröffentlicht. Sein Gedicht »Pierrot und der Tod« erschien 2004 in der Lyrik-Bibliothek von Literareon.

Angespült | *Leilah Lilienruh*

Ans Ufer gespült und vergessen
von einer Woge
die mich übers Einerlei trug
fandest du mich zwischen modrigem Treibholz
und totem Getier
und glaubtest du müssest mich retten
nur weil mein Atem noch ging
Ich wünschte mir nichts
als so liegen zu bleiben
mit Sand in den Augen
Salz auf den Lippen
wie schlafend
doch du nahmst mich mit
in dein Leben
wo die Wellen zu glatt sind
wo der Sand mich nicht reibt
wo die Träumenden schlafen und die Schlafenden tot sind

Leilah Lilienruh wohnt im Kreis Kassel, ist verheiratet und hat drei Kinder. Sie ist ausgebildete Zeitungsredakteurin, tätig als freie Journalistin, Ghostwriterin, Autorin von Gedichten, Kurzgeschichten, Songtexten und Glossen. Mit Kollegen entstand das Projekt »Atelier Wortquelle«.

Hinterhofaktionen | *Marina Linares*

Scheiben Kleister pappen Poltergeister
Punkposter kippen kaputt
angekarrt platzende Matratzen
Fahnen gehisst auf Hügelmüll
Neue Ziele, neue Zentren – Entern

Scherben Fenster brettern hinunter
hinten im hinteren Hinterhof
weggefegt zum Eckenstapel
Splitterstücke Monsterpuppen Schrottstatuen
Folienkörper glitzern eckig
Neue Strömung, neue Flut

Schaufeln Schutt schleppen Kellergeister
Treppen hinabgestuft in Untergrund
Action – feuernde Drachen ausgeschlachtet
Straßenlaternen in Fellfetzen getaucht
Autos als Blumentöpfe – bunt angemalt
Bretterstapel-Brückentor
Neues Land in Sicht

Schlachtenhöfe umgestaltet
Abrisskolonne verbarrikadiert
gegen Einheitssanierung
Geistesblitze, Spritzpistole dominiert
Ziegelsteine besetzen Straßenprull
zur neuen Welt durch Grabgelage
In-Stall-Aktionen
Neue Stätte aus zwei alten Städten

Dr. Marina Linares arbeitet heute als freiberufliche Kunsthistorikerin. Seit 1988 ist sie künstlerisch tätig (Malerei und Plastik, Installation, multimediale Performance) und verfasst Lyrik und Prosa. Zahlreiche Lesungen und Veröffentlichungen: Fachliteratur »Analyse abstrakter Malerei« und »Alles Wissenswerte über Farben«, Belletristik in Zeitschriften und Anthologien.

Ohne Titel | *Uta B. Lindenmeyer*

Lösch alle Lichter des Tags,
dass die Nacht Nacht sein kann
und der Stern ein Stern,
vielleicht schon erloschen
wie eine alte Liebe,
aber immer noch ein Stern.

Uta B. Lindenmeyer, Jahrgang 1940, hat als Lehrerin Deutsch, Englisch und Musik unterrichtet. Bei Literareon erschien ihr Gedichtband »Der Baum im Herzen.«

MorgenGrauen | *Jan Lindner*

Der nächtliche Wind
saust selbst durch geschlossene Fenster
und lässt mein warmes Bettchen
zu Eis erstarren.

Doch irgendwann,
wenn billigende Schreie
die Tränen frei tauen,
schimmert in der Ferne
der einst vergessene Morgen.

Jan Lindner wurde 1985 in Jena geboren. Im Moment ist er Zivildienstleistender in einer Behindertenschule. Danach strebt er ein Philosophiestudium an und möchte seine restliche Freizeit damit verbringen, weiter an seinem Roman zu schreiben.

LANGE | *Juliane Link*

Lange
hast du deine Mädchenträume
in den halbgeöffneten Händen gehalten
hast sie bei dir getragen
und sie gehütet
wie deine Erinnerungen.
Sie waren geborgen in dir.

Oft
hast du sie mit den Drachen
im Spätherbst steigen lassen
hast sie hoch in die Luft geworfen
ohne Angst sie zu verlieren
denn du konntest sie auffangen.
Du hast deine Seele aufgespannt
wie ein Tuch
und sie hineinfallen lassen
wie Sterntaler in deine Schürze.

Jetzt stehst du da
und siehst sie wegwehen
im Wind.
Du kannst sie nicht aufhalten
denn sie zerreißen
wie Schmetterlingsflügel
zwischen deinen Fingern
zerfallen sie zu Staub.

Die Stelle in dir
wo sie nachts wach lagen
während du schliefst
schmerzt noch vom Abschied
sie bleibt leer.

Lange
spürst du noch
den Windstoß im Gesicht
der sie dir fortgetragen hat.
Oft
suchst du noch
die Sterntalerschürze
im Schrank.

Juliane Link wurde 1986 in Würzburg geboren, wo sie bis 2005 die Schule besuchte, die sie mit dem Abitur abschloss. Seit September 2005 lebt und arbeitet sie in Paris. In ihren Gedichten versucht sie zu beschreiben, was mit ihr und um sie geschieht, »vielleicht, weil es einmal gesagt werden muss, vielleicht, um es zu verstehen.«

Im rasenden Fluss der Zeit
sind sie schlechte Schwimmer.
Sie blitzen auf, zwinkern mir zu
und tauchen ab – für immer.

Mit offenen Augen sammle ich,
sie sicher im Hirn zu verwahren.
Anzahl und Vielfalt erfüllen mich –
schwimme selbst schon seit Jahren.

Doch die Eindrücke verklären sich –
Formen verschwimmen, Farben verblassen.
Was für schmerzliche Momente ein Segen ist –
vom Angenehmen will ich nicht lassen.

So fotografiere ich, schreibe im Licht
und fange die auserwählten Sekunden.
Bedeutend für mich – Minuzien der Welt,
fixiert, auf Film und Papier nun gebunden.
Augenblicke der Freude – zum Teilen bereit!
Bin ich auch flussabwärts entschwunden.

Jan Lipowski wurde 1970 in Dresden geboren und wuchs in Pirna auf. Er absolvierte ein Studium der Elektrotechnik in Chemnitz und ein Aufbaustudium zum Diplom-Wirtschaftsingenieur. Er verfasst Prosatexte und Lyrik. Einige Werke wurden bereits veröffentlicht. Außerdem gewann er den Chemnitzer Poetry Slam 2005.

Mir anheim gestellt | *Bettina Valeska Lotsch*

Mir anheim gestellt
die sich selbst
nicht tragen kann
am Gedankenkreuz
die Tage erntet
selbstvergessen
sich den Himmel malt.

Wer mich leben kann
lebt nicht mit mir
und im Traume
sind mir Deine Augen fremd.

In der andren Zeit
deren Stunden sich nicht trauen
deren Wege sich nicht kreuzen
deren einer Mensch ich bin
seh ich Dich
aus weißen Augen
spüre Deine Seidenhaut
und Deinen Blick
zwischen meiner Brust
ein Schlagen
nenn es Abschied
dort wo Umkehr
Dich nicht schmerzt
und der einen Zeit
Morgen ward.

Bettina Valeska Lotsch, geboren 1977 in Frankenthal, promoviert an der Ludwig-Maximilians-Universität München in Chemie.

Perlmutterlied | *Bruno Adrian Lüscher*

Als Muschel auf dem Felsenband –
Nicht allzu weit vom Meeresstrand,
Wo Licht noch durch die Fluten dringt,
Liegst du von Freunden schön umringt.

Du öffnest dich, nimmst Nahrung auf
Und lässt dem Austausch freien Lauf.
Rundherum ist nicht viel los –
Alles läuft fast reibungslos.

Plötzlich gibt es Turbulenzen –
Wirbel bis an deine Grenzen!
Du schließt den Deckel zwar gleich zu –
Doch irgendetwas stört die Ruh.

Einem Korn ist es gelungen –
Es ist in dich hinein gedrungen!
Was nützt jetzt Jammern oder Fluchen?
Die Irritation kommt dich besuchen.

Den Schmerz, den kannst du nicht verhindern –
Mit Kunst gelingt es, ihn zu lindern.
Er wird gesucht und fein umgeben –
Er wird ein Teil von deinem Leben.

Die Schmerzensträne hüllt ihn ein
Und lindert damit seine Pein.
Langsam – langsam – Schicht um Schicht
Wird die Perlenschale dicht.

Ein Kügelchen schön rund und ganz –
In Perlmuttern zartem Glanz –
Wird mit Lebenskunst gemacht:
Aus Leiden ein Juwel vollbracht!

Bruno Adrian Lüscher, 1952 geboren, arbeitet als Lehrer und Museumsführer. Seit dreißig Jahren verfasst er Gedichte zu den Bereichen Natur, Geschichte und Lebensphilosophie. Der Autor ist Mitglied des Bernischen Schriftstellervereins und nimmt gelegentlich an Lyrikwettbewerben, Dichterlesungen und Poetry-Slams teil.

ABENDDÄMMERUNG | *Elke Marx*

Leise streift der Wind durch die Bäume,
es neigen sich die Wipfel zur Nacht.
Die Sonne senkt sich nieder,
das Abendrot erwacht.

Der Sonne glühend leiser Hauch
liegt wie ein roter Teppich
über Wiesen, Bächen und Auen.
Die Sonne senkt sich.

Es ist still im Wald geworden,
alles geht zur Ruh.
Auch der Vogelgesang ist verklungen,
nun deckt die Nacht die Erde zu.

Nur ein Hauch des Windes
begleitet die Nacht.
Höre auf den Ruf des Tieres,
wenn der Morgen erwacht.

So wie der Tag sich dem Ende neigt,
auch das Leben Dir den Rhythmus zeigt.
Das Leben beginnt mit voller Kraft
und endet meist ganz sacht.

Elke Marx wurde 1958 in Wittenberg geboren und wohnt derzeit in Stendal. Neben ihrer beruflichen Tätigkeit betreibt sie als Hobby Ahnenforschung und ist gerade dabei, ein Buch zu schreiben.

Zauberwort: Realität | *Elisabeth Mascheroni*

Sehnsucht, Wünsche
zeitweise in die Ecke verbannt;
Hoffnung, sie nicht ganz zu verlieren
vor knallharter Wirklichkeit.
Zauberwort: Realität!
Schlagworte: Fuß fassen, Bodenhaftung,
Polster erarbeiten.
Arg verstaubt, nie ganz vergessen,
aus dem Winkel geholt,
Sehnsucht, Wünsche.
Allein davon kann man nicht leben,
sie verleihen aber Flügel
heben Alltag auf
wären sie nicht, wo ich?

Elisabeth Mascheroni, geboren 1931, arbeitet momentan an einem Roman. Sie schreibt und liest Lyrik mit großer Begeisterung und Freude.

Menschenjunges
Du kommst auf die Welt
winzig und nackt,
hast es geschafft.
Beginnst zu atmen,
blinzelst und lachst
als neuer Erdenbürger
schreist du mit Macht

Du bist auf der Welt,
wirst verwöhnt, umhegt
und gedeihst prächtig.
Wächst, lernst stehen
und dann gehen,
sprichst und schaust
voller Erwartung nach vorn

Du, ein Teil dieser Welt
erkundest, begreifst,
was um dich sich zeigt.
Blickst fragend auf die Zeit
die schnell vergeht,
und nur verweilt
für eine kurze Ewigkeit

Du bist erwachsen und knapp
gehst deinen Weg,
der dir bestimmt.
Weichst nicht ab
Und nimmst die Welt so wie sie ist
mit auf den Weg ins Paradies

Was, so stellt die Frage sich,
hast angefangen mit dem Licht,
das dir das Leben schenkte.
Untertan und nicht bewusst
nutztest du kaum des Lebens Lust,
nahmst sorglos hin der Welten Lauf
mit ihr deine Umwelt in Kauf.

Hier nun endlich
schließt sich der Kreis,
der dich so lange hat umfangen.
Angst und Mut als Fesseln hangen
dir schwer an Seele und Leib –
nun aber sei bereit
zu lösen der Welt teuflisches Geschmeid

Hergen Meiners hat bereits in mehreren Anthologien, unter anderem in den Bänden II und III der Lyrik-Bibliothek, Gedichte veröffentlicht. Bei Literareon erschien 2005 sein Werk »Schwanengesang«.

Mein Sokrates | *Frauke Meissner*

Mein Sokrates, der Du die Jugend lehrst …
Den Schierlingsbecher jedoch brauchst Du nicht zu trinken.
Ich lieb Dich, auch wenn Du mich nicht begehrst
Komm – lass uns in den Duft des Weines sinken.

Mein Glück, ich weiß, das ist weit ab von dieser Welt,
der Gründe hierzu mag es viele geben.
Es ist der Seidenfaden, der mich bei Dir hält:
Die Sinnenlust lässt Worte fließen – schreiben eben.

Frauke Meissner, Jahrgang 1929, ist Mutter von drei Kindern und war lange Zeit aktiv in der Umweltforschung tätig. Mit literarischer Absicht schreibt sie seit sechs Jahren Kurzgeschichten, Reiseerlebnisse, Episoden und Lyrik. Ihr Roman »Gauklers Nabelschnur« wurde im März 2005 veröffentlicht.

Nach dem Frühstück | *Stefan Metzger*

Die noch halbvollen Tassen
Kaffee – mit oder ohne Milch –
starren mich an.

Verräterische Blicke werfe ich durch
vergraute Nebelfenster

Eine vergammelte Brez'n flegelt sich
zwischen ausgelutschten Zigarettenkippen
während die Senflachen
die Tellerränder ablecken
beobachtete ich die
Spiralenwolken unbekümmert
und protokolliere die ausgeschlafenen
Blicke des fremden Liebespärchens gegenüber

Rockmusikfetzen hängen in der Luft
unbeschriebene Papierblätter dagegen,
warten darauf,
mit Liebesromanen gefüllt zu werden.

Stefan Metzger schreibt seit etwa 25 Jahren Lyrik und Kurzprosa. Er hat im Münchner Literaturbüro bereits Autorenlesungen gehalten und ist bei der Lyrik- und Poesiezeitschrift »Rind & Schlegel« in der Redaktion sowie mit einigen Beiträgen engagiert.

Die vergessenen Verbesserungen | *Samuel Meuter*

Ich schreibe hier ein Gedicht,
denn das ist leider nun meine Pflicht.

Ich habe es doch nicht mit Absicht getan,
dass der Lehrer nun doch vollstreckt seinen Plan.

Er befahl mir ein Gedicht zu schreiben,
darum bin ich hier am Reime reimen.

Ich habe nicht leise gedacht,
ach, hätte ich doch meine Verbesserungen gemacht.

Ich sprach mir noch eine Weile ins Gewissen,
und dichtete weiter ganz verbissen.

Endlich, endlich es ist vollbracht,
mit Freude habe ich dieses Gedicht gemacht?

Samuel Meuter ist 13 Jahre alt und in Busswil (Schweiz) beheimatet. Er besucht die 7. Klasse. Sein Gedicht hat er zum Thema »Strafaufgaben« geschrieben.

Der Liebe schöner Erinnerung
faltet sich über den Herzen aus
mitten in der tiefen Brandung
Glück, Schmerz und Goethes Faus … (t)

Der Liebe einzigartiges Mysterium
fließt inmitten der Herzen
ein süßes Martyrium
Wein, Blicke und rote Kerzen.

Der Liebe wunderbare Gefühle
liebkosen die weichen Lippen
bitte warmer Wind komme!
Streichelnd die warmen Armen.

Georgios Milonas, 1980 in Dortmund geboren, studiert Germanistik, Politik, Wirtschaft und Gesellschaft an der Universität Bochum. Der Autor hat bereits Gedichte veröffentlicht, u. a. in dem Band »Best german underground lyriks 2005«, erschienen im Acheron Verlag.

Spieglein, Spieglein | *Fabienne Müller*

Hängst an meiner Wand,
jeden Tag schau ich dich an.
Oberflächlich
mit dem Blick gestreift,
wirfst zurück,
was ich dir zeig.

Doch wenn ich tiefer blicke, als bis zu mir …

Spiegelst MICH,
Stärken und Schwächen,
spiegelst meine Seele.

Ein Abbild meiner selbst,
und doch
spiegelverkehrt,
andersherum.
Neue,
alte Welt,
fremdartig in ihrer Vertrautheit.

Bist du ein Tor,
eine Pforte?
Wohin?
Lächle dem Wesen vor mir zu.
Erwiderung.
Fragt es sich, wer ich bin?
Ich bin du.
Du bist ich.
Doch wer ist der erste?

Berühren uns,
hoffen voll Erwartung,
wieder und wieder,
wollen eins werden,
verschmelzen und versinken
ineinander.

Spiegel,
du lässt es nicht zu.

Glas.

Fabienne Müller ist schon seit frühester Kindheit von Lyrik fasziniert. Seit einiger Zeit verfasst sie auch kurze Prosa und Zeitungsartikel.

Aus kraftvollem Sprung
treibt
wohl gewichteter Wille
Akrobatin
Hinauf
Stufen erklimmen
mit Sicherheit
geht es nur
leicht

Auf zarten Spitzen
sieht schwerelos Ideal
Engel
Über
den
Balken schweben
in Vision
fliegt sie
leichter

Auf klapprigen Stelzen
schleppt
gewichtsloser Zwang
sie hinan
Stufen erquälen
ohne Netz
am leichtesten
stirbt sie
die Treppe hinauf.

Beate Muschalla, geboren 1981, begann nach dem Abitur ihr Studium der Ägyptologie, Ethnologie und der Allgemeinen und Vergleichenden Literaturwissenschaft an der FU Berlin. Ihr Psychologiestudium, begonnen 2003, wird sie voraussichtlich im April 2006 abschließen. Sie ist aktive Hobbyautorin und verfasst Kurzprosa, Lyrik, Erzählungen und dramatische Versuche.

Die Irrungen
und Wirrungen
der Liebe
ließ uns finden
um
weiter zu irren
weiter zu wirren
zu
lieben

Viola Naffin, geboren 1965, bei Leipzig aufgewachsen, lebt und arbeitet in der Nähe von Stuttgart. Sie schreibt Lyrik und Kurzgeschichten. Dabei richtet sie den Fokus auf den Menschen in seinem sozialen Umfeld. 2005 erschien ihre erste Veröffentlichung in einer Gedichtanthologie.

HH | *Franziska F. Naumann*

Ganz oben.
Jeder will.
Hochhäuser zum Trotz
Hochhäuser in Krisenzeiten
lange Schatten
dazwischen viiel Platz

wenn's hält

Franziska F. Naumann wurde 1970 in Jena geboren. Sie studierte Französisch, Philosophie und Theaterwissenschaften in Paris und Berlin. Ihre Vielseitigkeit ermöglichte es ihr, in sehr verschiedenen Branchen zu arbeiten. Seit sieben Jahren ist sie als Schauspielerin tätig.

Dass ich so kalt bin –
dessen wirst du nicht gewahr –
ich gebe dir Feuerküsse.
an meinen Lippen hängt so süße
Lust, die zart
deine Augenlider streicht.
Sie schwemmt hinweg
über deine Brust dein Haar
und deinen Bauch
hinab in deinen Schoß.
Unter meinen Fingern
wird dein Leib zu einem Fluss,
auf dem ich gleite
und ihn in tausend Arme spalte
die nach mir greifen –
sie greifen ins Leere.

Sie greifen in dunkles Dunkel
versunkenes Blau
verblasstes Rot
verrostetes Grau
Sie greifen nach mir –
sie fassen mich nicht.
Wühlen sich durch
Kissen Bettbezüge Decken
und Wände – unsichtbare –
hinter denen ich verschwinde.

Dass ich so kalt bin –
dessen wirst du nicht gewahr –
ich berühre dich wie Seide.
Mein Mund ist warm
und atmet leise
Träume aus –
die sickern ein in deine Haut –
an die ich meine Seele spanne.
Du glaubst mich nackt –
ich trage eine Maske.
in ihr geborgen spiele ich
vielleicht mich selbst
vielleicht auch eine andere.
Nimm sie mir ab! –
Du wagst es nicht.

Natalie Neudert wurde 1985 in München als Tochter tschechischer Eltern geboren. Bereits mit neun Jahren begann sie erste Gedichte und Kurzgeschichten zu verfassen. In Wien studiert sie Theaterwissenschaften.

Traum, –
Morgenröte schmeckender,
Zukunft antizipierender
Traum, –
leuchtend schillernder,
irreal realisierender
Traum, –
Illusion verwirklichender,
Wirklichkeit verfremdender,
Verfremdung deutender,
Deutung gebender
Traum, –
verewige die vergangene Zukunft im Morgen,
erwecke die heute ewig Schlafenden aus dem Gestern,
gib ihnen die wissende Waffe der Weisheit,
damit sie die Blinden mit Taubheit schlagen
und die Sehenden mit unüberhörbarer Hoffnung beglücken.

Dr. Matthias Neuhaus, Jahrgang 1950, studierte Mathematik an der Universität Hamburg. Die von ihm verfassten Gedichte stammen aus der Anfangszeit seines Studiums. Die Suche danach, »was die Welt im Innersten zusammenhält«, hat ihn jedoch nie losgelassen.

Breughels Winterlandschaft:
vor dem Schloss Schlittschuhläufer, Rodelschlitten.
Der Schwan sitzt Probe mitten auf dem Eis,
der Reiher hebt den Kopf,
ein grauer Herr, der Aufsicht führt,
Wind fährt ihm in den Rock.

Klirrende Kälte verjüngt mir das Herz.
Ich sehe Arm in Arm die Zweige der alten Platanen schwingen,
als könnten Bäume doch noch in den Himmel wachsen.

Lonny Neumann wuchs in der Kriegs- und Nachkriegszeit in der Uckermark auf. Nach ihrer Tätigkeit als Lehrerin nahm sie ein Studium am Literaturinstitut in Leipzig auf. Ihr erstes Buch erschien 1977, ihr jüngstes Werk trägt den Titel »Der Stein«. Seit 1980 lebt sie in Potsdam und schreibt Kinderbücher, Rundfunkarbeiten und andere literarische Texte. Ihre autobiographische Erzählung »Grüne Glasscherben« ist vor kurzem erschienen.

Priester/segnen,
Todkranke/sterben,
Gütige/beten,
Gierige/erben,
Asketen/fasten,
Helden/retten,
Sportler/hasten,
Spieler/wetten,
Satiriker/spotten,
Sänger/krächzen,
Glücklose/hoffen,
Mächtige/ächten,
Autoren/dichten,
Juroren/urteilen,
Beleidigte/giften,
Geduldige/weilen,
Schüler/lernen,
Lehrer/lehren,
und ihr/sollt lernen,
mich zu/ehren.

Marcus Nickel wurde 1976 geboren, absolvierte eine Ausbildung zum Kaufmann und die Fachhochschulreife und ist derzeit Student in Karlsruhe. Seine Werke wurden bereits in diversen Anthologien veröffentlicht. 2005 erschien sein Gedichtband »4« bei Literareon.

Das gekenterte Schiff | *Cornelia Nietzschmann*

Seit langem treibt es
Einsam auf dem weiten Meer
Von allen verlassen
Versucht es
Den richtigen Weg zu finden
Doch ohne Hilfe
Ist es zu schwer!

Sie ist greifbar
So nah – und doch zu weit
Wagt es nicht
Sie anzunehmen
Das Vertrauen
Gekentert
Im tobenden Sturm der Zeit!

Versucht nun
Alleine
Alles zu bewältigen
Das Scheitern
Vorprogrammiert

Wird es je den richtigen Weg erlangen
Oder bleibt es weiter gefangen?

Wage – beweise Mut –
und du wirst neu erfahren
ob sich Vertrauen lohnt
oder du weiter verlierst …

Cornelia Nietzschmann, 1987 in Leipzig geboren, wohnt in Solingen und macht 2006 voraussichtlich ihr Abitur.

Das dritte Gesicht | *Willi Noelle*

Im Frühling, der Liebe möcht ich was dichten,
im Sommer schreib' ich mit Sand in den See,
im Herbst mit Blättern schreib' kleine Geschichten,
im Winter meine Lyrik in den Schnee.

Jeder Mensch hat drei Gesichter:
Eins, mit mächt'ger Geste auf andre wirkt,
aus dem Spiegel blickt eins auf den Dichter
und eins ist's, das still sich dahinter verbirgt.

Das dritte Gesicht will ich dir zeigen,
Mit den Augen, da siehst du es nicht,
Es ist weder das im Alltagsreigen,
noch das, was aus dem Spiegel mit dir spricht,

Schau diese Verse, zwischen Worten sollst du sehen,
sind schlecht gereimt, ich weiß, musst mir verzeih'n.
Schließ deine Augen, kannst du mich versteh'n?
Dann lass mich schließen heut der Antlitze dreien.

Im Frühling denk' ich mir ein Gedicht,
im Sommer schreib ich's auf deine Haut,
im Herbst zieh mit Worten ich auf dein Gesicht,
im Winter deine Lippen, manch spröden Vers darauf gebaut.

Willi Noelle, 1947 in Wien geboren, besuchte nach verschiedenen beruflichen Anläufen die Filmhochschule in Wien und war danach als Kameramann und Redakteur tätig. Die erste Veröffentlichung erfolgte 2004/05 in der Fachzeitschrift »Kameramann« und ist eine Satire (»Alles über den Kameramann«). Willi Noelle lebt seit sechs Jahren in Vorarlberg.

er schlägt
die Augen auf
blauäugig
trifft es ihn
wie Faustschläge auf blaue Augen
schwarze Augen sehen nichts
blind vor Wut
schwarz vor Angst
und er schlägt zu
schlägt die Augen zu

Katie Norrie, Jahrgang 1981, wurde in Oberhausen im Ruhrgebiet geboren. Nach dem Abitur arbeitete sie ein Jahr lang für die Lebenshilfe in Oberhausen. Heute studiert sie Diplompädagogik in Münster.

Schablonenmeister | *Norbert Nöthlich*

Er sieht vor Augen immer zweifelsohne
die Perspektive seiner Sichtschablone
skizziert das Blickoval kursorisch uniform
nach mustergült'gem Linienschema – seiner Norm
mit Standardstrichcode – Flächenreihthematik
schraffurdessinsynchroner Allzweckgrafik
grenzenziehend, ordnungszeichnend, bleistifthaft
schnörkelloses Stereotyp als Antriebskraft
doch farbenspielerische Ornamente
Fragmente dissidenter Komponente
Gestaltungsphantasien lässt er nicht gelten
das sind für ihn zu wilde, freie Welten
Wahngemälde, Kleckse irrgetünchter Geister
fern jeder klaren Sicht, und dann verweist er
Respekt, Schablonenmeister, ja so heißt er
und will man Freihandmalen, zack dann beißt er

Norbert Nöthlich, geboren 1971, verfasst Lyrik und Prosa.

dein Blick
in meiner Iris
da gewesen
nur ein Wimpernschlag
spaziert ins Wunderland
der Augen
taucht ein
ertrinkt
und schöpft daraus
ein gutes Fabelwesen.

Gabriele Oehrlein arbeitet als Sonderschullehrerin mit geistig behinderten Kindern und schreibt seit drei Jahren Lyrik, Kurzprosa und Kurzgeschichten.

Zwischen dem Fallen des Laubes | *Lydia Ollmer*

Zwischen dem Fallen des Laubes
und den Blüten an den Ästen
sind die Tage, zeitlos lange schon
wieder leise gestorben
Am Fenster sah ich dabei zu
und blieb zurück
Zwischen Tag und Nacht gibt es soviel Einsamkeit
wenn man nicht aufwachen und nicht träumen kann
Leise schmeiß' ich uns in Scherben
mit deiner Faust, unseren Worten
mit den Tagen an denen wir uns so oft geschnitten haben
In der Dunkelheit ist zu viel Wärme um dich zu hassen
Was haben wir getan? Wozu?
Ich habe deine Liebe getötet in all den Tagen
und die meine vergraben
ohne gewusst zu haben das es eine ist

Lydia Ollmer, 1990 geboren, absolviert dieses Jahr ihren Realschulabschluss. Seit ihrem 12. Lebensjahr schreibt die Autorin Gedichte und Erzählungen sowie Kurzgeschichten.

Seht ihr den hohen Wagen dort hinüberpreschen über's Meer?
Die Gischt schießt gnadenlos empor: »Gib Gott, daß sie uns
nicht verzehr!«

»Lauft Pferde, lauft! Zürnt nicht Neptun!
Sein Dreizack schwört die Flut bereits!
Auf kühlem Meeresgrunde ruh'n
die Seelen, die sein' Grimm gereizt.
Hört, wie sein ferner Donner grollt:
›Die Flut holt den, der Ehr' nicht zollt!‹

Der Pferde Leiber blank vor Schweiß, die Mähnen von der Nässe
schwer.
Die Gischt leckt gierig am Gespeich: »Gib Gott, daß sie uns
nicht verzehr!«

»Zieht Pferde, zieht! Beschwört den Sturm!
Er zwingt das Wasser aus dem Priel.
Dort drüben seh' ich schon den Turm,
Gottlob, nun sind wir bald am Ziel!
Lauscht nicht, wie Neptun lauter grollt:
›Die Flut holt den, der Ehr' nicht zollt!‹

Mit Mühe nur durchschneidet dort der hohe Wagen Meeresgrund.
Die Gischt faucht wütend um ihn her: »Gib Gott, daß sie uns
nicht zerschrundt!«

»Seht Pferde, seht! Das Eiland naht!
Die Lichter irren dort am Deich!
Sie weisen uns den sich'ren Pfad
Hinaus aus Neptuns nassem Reich!
Vernehmt wie Neptun zürnend grollt:
›Die Flut holt den, der Ehr' nicht zollt!‹

So lehrt das Meer uns Gottesfurcht in Demut und Ergebenheit!
Ob Neptuns oder Gottes Gut: »Wer Ehr' nicht zollt, den
nimmt die Flut!«

Gudrun Ottens-Schmidt wurde1955 in Hamburg geboren. Nach Aufenthalten in Scharbeutz, Cuxhaven und den USA lebt sie seit mittlerweile zehn Jahren im Ruhrgebiet. Sie ist Mutter zweier Töchter und arbeitet als Sekretärin.

Der Traumgarten | *Angelika Pauly*

In meinem Garten
leben Träume
zwischen den Rosen
und unter dem Buchs
halten sie sich versteckt

In der Nacht
achtet ein Wächter
auf ihre zarten Flügel
und übt mit ihnen
die Fliegerei

Manche sind angebunden
andere rissen sich
schon vor Jahren los
zurück blieb
eine kleine Sehnsucht

Angelika Pauly wurde 1950 geboren und lebt in Wuppertal. Zahlreiche ihrer Werke wurden in Anthologien, Literatur- und Fachzeitschriften sowie im Rundfunk veröffentlicht. Sie ist Mitglied der »Lyrikfreunde« in Wien und Preisträgerin mehrerer Literaturwettbewerbe.

Träumer | *Jan Pelz*

Es heißt, wer träumt bewegt nicht viel,
dieser Gedanke ist nicht sehr subtil.
Denn gab es, wo immer Großes auch geschah
vorher Einen, der es im Traume sah.

Jan Pelz wurde 1984 in Filderstadt geboren und hat sich bereits bei mehreren Kunst- und Literaturausstellungen beteiligt. Außerdem hat er sein Gedicht »Das Tor zum Rosengarten« in einer Anthologie veröffentlicht. Er lebt in Schwäbisch Gmünd.

Wie viele Beine hat ein Käfer | *Kerstin Petermann*

Wie viele Beine hat ein Käfer?
Oder: Schnarcht ein Siebenschläfer?
Warum ist Süßes ungesund?
Warum sind Ostereier bunt?
All das, das wollt Ihr Kinder wissen,
weshalb die Eltern grübeln müssen.

Wie viele Krater hat der Mond?
Was heißt das: Nur wenn's sich noch lohnt?
Warum krieg ich nicht dauernd Eis?
Warum sind Schneeflocken so weiß?
Mit 100.000 solcher Fragen
könnt Ihr schon mal die Eltern plagen.

(Wie war das noch, ich hab es gleich.)
Ein Zaunkönig, ist der auch reich?
Und außerdem wollt Ihr noch wissen:
Kriegt man Babys auch vom Küssen?
Wo wohnen denn die sieben Zwerge?
Da steht so manches Haar zu Berge.

Warum nur ist die Kuh da fleckig?
Und: Wieso macht mich Matsche dreckig?
Gibt's Vögel, die nicht fliegen können
und Schnecken, die auch manchmal rennen?
Diese tolle Wissbegier,
mein liebes Kind, die wünsch ich Dir.

Kerstin Petermann, geboren 1966 in Gelsenkirchen, absolvierte eine Ausbildung zur Diplom-Verwaltungswirtin und ein Architekturstudium, bevor sie sich dem Dichten widmete. Seither sind etwa 100 Gedichte zu verschiedenen Themen entstanden.

Die Andere | *Antoinetta Petrov*

Die Andere in mir
hat Macht, ist stolz
zieht siegessicher in jeden Kampf.
Gegen dich –
meinen größten Feind.

Die Andere in mir
ist voller Hass,
begreift dich nicht,
misstraut dir jedes Wort
und wäre bereit zu töten.

Die Andere in mir
brennt wie ein Höllenfeuer,
möchte explodieren
und die ganze Welt einreißen.

Die Andere in mir
hat so viel Zorn in sich,
gleich eines Erdbebens,
das dich tückisch überfällt
und dir das Blut gefrieren lässt.

Die Andere in mir
lässt Glas zerspringen
mit ihren Schreien,
so dass es nachhallt –
tausend Jahre.

Und doch ist die Andere in mir so schwach.

Antoinetta Petrov lebt mit ihrem Sohn in Berlin und arbeitet als Krankenschwester an der Charité. Sie hat große Freude daran, ihre Gedanken und Gefühle in Form von Gedichten zu verarbeiten.

Heut Nacht träumte ich von einer Frau ohne Wesen.
Sie sprach zu mir mit einer Zunge, so scharf wie ein Skalpell.
Ihre Worte – spitz wie Nadeln – fanden ihr Ziel,
verteilt über meinen Körper.

Heut Nacht begegnete ich einer Frau in meinem Traum,
ohne Gewissen.
Sie blickte durch mich und ergriff mit ihrer Kralle
meine Menschlichkeit.

Heut Nacht stand ich vor einer Frau in meinem Traum, ohne
Einsichtigkeit.
Sie zerriss mit ihrem spöttischen Gelächter meine Gedanken
und zertrampelte und zerdrückte mit ihren Hufen
mein Empfinden.

Heut Nacht hatte ich sie wieder gesehen und war gelähmt,
so wie vor einiger Zeit, als sie vor mir stand.

Claire Plescher ist Diplom-Ingenieurin. Eines ihrer Gedichte wurde bereits in Band II der Lyrik-Bibliothek veröffentlicht.

Vertrauter Fremder.
Einst saßen wir im Schutz des Feuerrings,
im Angesicht des Mondes,
erzählten Geschichten und teilten unser Brot.
Mein Herz kennt dich,
auch wenn jene Tage längst vergangen sind.
Zärtlich hast du meinen kalten Körper gesalbt,
hast ihm ein Bett aus Moos bereitet.
Deine Segenssprüche begleiteten mich
auf meiner Reise durch die Dunkelheit.
Vertraute Seele,
unter dem immerwährenden Sternenhimmel
werden wir uns wiedersehen,
im Angesicht der Götter.

Beatrix Pollum, Jahrgang 1961, hat bereits in mehreren Anthologien Gedichte und Kurzgeschichten veröffentlicht, darunter »Einmal Glück und zurück« (Ullstein).

damals streiften uns noch Gräserhalme
kniehohes Grün, feucht an weißen Kinderbeinen

junges Wild, gehetzt

du hattest richtige Sommersprossen
funkelnde Augen, angreifend deine Fuchsstimme

klopfende Hitze, gefühlt

du liefst immer eine zerkratzte Armlänge voraus
peitschende Sträucher, unnachgiebige Brombeerschlingen

erste Fallen, verlegt

unsere Wunden ließen sich noch versorgen
rettender Blätterverband, geborgene Kühle

Handgelenk, verletzt

heute streife ich durch Gräberfluchten
ein Name auf einer Platte, leuchtend an Herbstastern

lieber Freund, versenkt

Sabine Preukschas wurde 1977 in Nordhorn geboren. Nach einer Ausbildung zur Werbekauffrau in Osnabrück studierte sie in Köln u. a. Germanistik, Politik und Theater-, Film- und Fernsehwissenschaft. Seit 2001 studiert Sabine Preukschas Soziologie in Duisburg und Köln und ist als studentische Hilfskraft im Otto-Blume-Institut für Sozialforschung und Gesellschaftspolitik tätig.

Jene Hände | *Astrid Probst*

jene Hände
Hieroglyphen der Zeit
auf endloser Wanderschaft
zwischen Körpern, Worten, Luftgestalten,
nervöse Botschaften
Insektenbeinen gleich,
die eine Nacht befühlen
und sich selbst
kalt wie weiße Blüten
unbeherrschbar
doch ewig beherrschend
wie alle Naturgewalten:
jene Hände

Astrid Probst, 1969 geboren, ist Grafik-Designerin und Kunsthistorikerin. Neben eigenen Ausstellungen hat sie an verschiedenen Lesungen teilgenommen. Einige ihrer Kurzgeschichten und Gedichte sind bereits veröffentlicht worden.

Müh und Plag | *Hedwig Protzek*

Nach des Tages Müh und Plag,
finde ich abends keine Ruh.
Es war ein sehr schwerer Tag,
meine Augen gehen nicht zu.

Sehr viel hab ich heut getan.
Ich bin völlig ausgepumpt.
Man sieht mir das gar nicht an,
doch meine Seele ist zerlumpt.

Lieber Gott, ach hör mir zu.
Wie soll das nur weiter gehn?
Hilfe kannst nur bringen du.
Niemand sonst wird mich verstehn.

Mir fehlt ganz einfach die Kraft.
Meine Hände wollen nicht mehr.
Viel zu viel habe ich geschafft.
So zu leben ist sehr schwer.

Mein Körper sehnt sich nach Ruh.
Täglich bete ich zu dir,
doch du hörst mir gar nicht zu.
Warum hilft denn niemand mir?

Liebes Kind, du schaffst das schon.
Dir fehlt nur die Zuversicht.
Denn nach Arbeit folgt stets Lohn.
Oh bitte, vergiss das nicht.

Hedwig Protzek lebt seit ihrer Geburt in Bottrop. Sie übt dort den Beruf der Herrenschneiderin aus. Sie hat bereits eine Autobiographie und ein Gedichtbändchen veröffentlicht. Außerdem enthalten etliche Anthologien Beiträge ihrer Lyrik.

Hinter deiner Wortfassade,
im Dickicht der Betroffenheit,
spielt dein Sorgen Maskerade
Bekümmertsein liegt griffbereit.
Und du sprichst mit mildem Blicke
heuchelst vor du bist berührt.
Säuselst zart mit viel Geschicke,
doch du wirst nur fremdgeführt.

Tief im Innern der Essenzen
wo grausig Schauspiel sich vollzieht
brüten dunkle Existenzen,
erwächst der Krankheit Parasit.
Schnell gereift zu voller Größe,
schwimmend durch dein trübes Blut,
sorgend für des Anstands Blöße,
nährt er fleischlos seine Brut.

Schlangengleich gewürmtes Kriechen
erklimmt sogleich der Zunge Wort,
letzte Zweifel rasch versiechen,
schmarotzend frisst er Achtung fort.
Schlängelt sich in deine Fragen,
säugt sich an der Antwort Kund,
keine List kann ihn verjagen,
er bewohnt der Menschen Mund.

Viele Lippen sind befallen,
bewirten Wissensdurstgetier.
Rastlos Sporen in uns wallen,
vergrößern stetig ihr Revier.
Geißeln soll uns tiefes Schämen,
denn Gewissen stoppt die Gier.
Schweigen kann den Wurme zähmen,
denn die Neugier das sind wir.

Sandra Pulsfort wurde 1974 in Elmshorn geboren und lebt jetzt als Mutter von drei Kindern mit ihrer Familie in Schleswig-Holstein.

die Sterne regnen
und die Blätter vertrocknen,
nachdem sich der Tunnel erschrocken hat
schleicht sich das Leben
durch unsere Erinnerung.

im wellenden Sturm
küssen sich unsere Wahrheiten
und verkleben.

deine Saiten zupfen
an meiner Haut –
sich gegenseitig holzen
und verschwinden.

im Wasser gesehen,
die Schwäne im Rhythmus
deines Kniefalls
winden wir immer nach der
gedrechselten Schau
und klopfen uns
am Puls der Zeit
den Staub ab.

Die Autorin Pola Pulver, 1974 geboren, verbrachte ihre Kindheit und Jugend in Bonn, Berlin und den USA. Sie studierte Kulturwissenschaften in Frankfurt/Oder und Madrid. Jetzt lebt sie in Berlin.

Ich war es gewohnt hinzufallen,
die Wunde in meinem Oberschenkel war tief,
meine Knie waren aufgeschürft
und Tränen liefen über mein Gesicht.

So oft bin ich über die Steine gestolpert,
an den Felsen hängen geblieben,
ohne den Mut zu verlieren
wieder aufzustehen und neue Schrammen zu erlangen.

Jetzt ist mein Haar zerzaust,
sind meine Knie zerschunden,
Narben zieren mein Bein
und das Wetter hat mir zugesetzt.

Mit meinem Mantel und Hut
bedecke ich mich
erzähle dir nur von meiner Welt,
meinen Narben und meinen Schrammen.

Einmal schon habe ich meinen Mantel gelüftet,
meinen Hut beiseite gelegt,
aber ich glaube nicht, dass du verstanden hast,
wie schwer das für mich war.

Varinka Puth, 1987 in Oberndorf in Baden-Württemberg geboren, hat schon in jungen Jahren mit dem Schreiben begonnen. Sie verbrachte eineinhalb Jahre in Venezuela.

durcheinander in der bratwurst
embryonales camperverhalten
entfernte suche
keine nahsicht

sandalen mit easywalkersohle
immer bereit …
den nicht vorhandenen boden
zu umlaufen

der wirt war boxer
den kampf mit seiner frau
hat er verloren
er sitzt hinterm tresen
hört nichts mehr
der glückliche

sie sitzt zentral
um die ganze kneipe
übersehen zu können
zu müssen
wachtposten – feldwebellähmung

er könnte nicht weglaufen
ohne an ihr vorbei zu müssen
sie sitzt eben zentral
sieht jeden gast kommen und gehen
auch aufs klo

jeder kontakt in der kneipe
unterliegt ihrer ohnmächtigen kontrolle

das fußballspiel ist längst zu ende
triumphierend erzählt sie
ihr mann hatte alle boxkämpfe gewonnen

ihr triumph entstammt
ihrem traurigen sieg

gegenüber, vielmehr
schräg gegenüber sitzt ein mann,
nein etwas ähnliches
eigentlich jemand
der zu früh von seiner mutter
getrennt wurde
was wahrscheinlich eh jedem passiert
er ist auf ersatzsuche

Andreas Pytlik, Jahrgang 1962, lebt in Babensham.

Helden taten | *Peter Rahn*

was sie mussten
taten
wie sie sollten
was sie wollten

Helden sagen
was sie wussten
sagen
was sie sollten
wo sie wollten

Helden tun
was sie wussten
tun
was sie sollten
wie sie wollten

Helden töten
was sie mussten
töten
wie sie sollten
wen sie wollten.

Peter Rahn, Jahrgang 1957, ist Ingenieur und lebt in Wertheim. Seit seiner Jugend verfasst er Lyrik und Prosa. Sein Gedicht »Mein Wort« ist in Band IV der Lyrik-Bibliothek erschienen.

La flamenca | *Rosemarie Reimann*

Das schwarze Haar geschmückt mit
roten Rosen – Duft atmet die Haut.

Anmutig im roten Kleid
mit schwarzen Punkten,
das schwarze Tuch
mit langen Fransen
auf stolzen Schultern
tanzt sie den Tango flamenco.

Ihre Hüften schwingen,
die Arme umschlingen
den Körper zum Klang
der Gitarre wirbeln, drehen
um sich im Tanze zu lösen.

Losgelöst, kraftvoll die Arme
himmelhoch streben, – fallen,
Spiel der Hände und Finger
in Stille verharren.

Auflodernd das Temperament
Füße stampfen, hämmern im Takt,
geduldig die Erde
das Feuer erlischt.
Blaugrau kommt
schon die Nacht.

Rosemarie Reimann ist 1934 in Schwarzwaldau/Schlesien geboren. Sie war als Hauswirtschaftsgehilfin tätig. Seit 1954 lebt sie in Wewelsburg. Sie ist Mitglied der Schreibwerkstatt »Literatur in Paderborn« und hat ihre Lyrik und Kurzprosa bereits in verschiedenen Zeitungen, Zeitschriften und Anthologien veröffentlicht.

Endspiel | *Nicolai Renker*

Blicke zurück auf den Weg hinter mir,
Uneben und unberührt schlängelt er sich durch diese Welt.
Aus Sommer wurde Winter, aus Tag wurde Nacht,
Zu lange auf der Suche nach etwas, das mich hält.

Einst wuchsen Blumen am Wegesrand,
Habe sie gepflegt, sie mit Blut und Tränen gespeist.
Jetzt ist dort nichts mehr,
Nur noch dieses Gefühl, das mich zerreißt.

Ich wollte bleiben, wollte glauben, dass alles gut wird,
Wollte um das kämpfen, was mir einst wichtig schien.
Wollte an eurer Seite ein Teil eurer mir verhassten Welt werden.
Ließ alles, was falsch war, an mir vorüberziehen.

Doch jetzt bin ich am Ende, wende mich ab zu einem neuen Weg,
Habe in diesem falschen Spiel versagt, den Platz verlassen, der mir nicht gebührt.
Werde meinen Weg gehen, so ungewiss er auch erscheint.
Ich will glauben, dass jetzt alles gut werden wird.

Nicolai Renker, geboren 1984 in Frankfurt am Main, ist derzeit als Zivildienstleistender an einer Schule für geistig behinderte Kinder tätig.

Pfennige | *Norbert Rheindorf*

Rosenzeit
Dornentage
und Träume
gebettet auf Blüten
wer sie wohl
ins Wasser stellt
mit Pfennigen
und frisch
angeschnitten

Norbert Rheindorf wurde 1969 in Niederkassel bei Bonn geboren. Er ist gelernter Naturwissenschaftler und heute in der IT-Branche tätig. Er hat im Internet, in Literaturzeitschriften und Anthologien Gedichte veröffentlicht.

NOCH EINE WINTERNACHT | *Peter Richter*

Träume entleert, tote Häuserschatten
Gehetzte Bürger folgen den Ratten
Entmündigt, entwürdigt, ausgelacht
Milchiger Fluss einer Winternacht
Gefräßige Gravuren lähmender Macht
Fordern und erpressen ihre letzte Pacht

Zerbrochenes Licht, verbrauchte Träume
Werft sie nur in verschlossene Räume
Verlassen, vergessen, getrieben
Ein Leben, justiert nach Belieben
Strukturen zersetzt von Heuchlern und Dieben
Dirigieren kalt das Drängeln und Sieben

Träume verkauft, bezahltes Lebensglück
Ein absurd inszeniertes Bühnenstück
Entwurzelt, entlassen, betrogen
Milchiger Fluss, du bist verlogen
Mit deiner Kraft haben wir uns verbogen
Aber sie tragen nicht mehr, deine Wogen

Peter Richter ist Mitglied der Autorengruppe »Lesebühne«. 1956 in Hamburg geboren, studierte er Architektur und lebt heute mit seiner Familie in Minden. Seit 1999 schreibt er Kurzgeschichten und Gedichte und hat seine Arbeiten in zwei Anthologien veröffentlicht. Anlässlich der Mindener Kulturtage gewann er 2002 den Literaturwettbewerb der Stadtbibliothek Minden.

Traumtod | *Wolfgang Rödig*

Hingestreckt noch schlummernden Verdächten
Unter Fittichen verhang'ner Spur
Spät Erkorene aus Frühjahrsnächten
Legt Umfangenheit aus Heimnatur
Von erfirmten Lagern vager Lieben
Strömt hernieder manches Scheinsignal
Mit Gescheh'nsgeschichte bunt beschrieben
Bitternisdurchwirkt wie wehmutsfahl
Anderwärts berückt horrende Nähe
Zu Bedrohung weh'ndem Mythenhort
Dessen weit're schiere Staubtrophäe
Erst zerstritt'ner Hauche Friedenswort
Haltlos schmetternde Gestirnskolonnen
Über rigoros beruh'ndem Rund
Schicksalslust schon fabuliert versonnen
Götterschweiß benetzt, getränkter Grund.

Wolfgang Rödig, geboren in Straubing, absolvierte eine kaufmännische Ausbildung und eine Ausbildung im Metallhandwerk. Seine Werke wurden bereits in mehreren Anthologien veröffentlicht.

WÜSTENBLUME | *Helke Rose-Harjes*

Demut befohlen im Männlichkeitswahn
verhindert ein Leuchten geahnter Schönheit
wie nach dem Regen das einer Blume
erwacht aus gespaltener Scholle
getrockneten Wüstenbodens

sehnsüchtiger Blick
in sandige Endlosigkeit
Morgensonne streichelt das kleine Herz
gibt Wunschbilder frei
von kindlichem Spiel, von Leichtigkeit

Illusion
Schatten schreiben es in den Sand
schlucken das Licht
Bewußtsein treibt Tränen
der Trauer in die Augen
trocknen kaum daß sie bemerkt
was bleibt ist die salzige Spur
auf der man dich zwingt zu gehen
Süße mußt du dir träumen
kleines Mädchen in der Wüste
auf der Welt
irgendwo

Helke Rose-Harjes wurde 1939 geboren. Die Sozialpsychologin schreibt seit etwa 20 Jahren vorwiegend Gedichte und Kurzgeschichten.

Geschrei des Katers | *Tobias Klingsor Roth*

Wie ist in tiefes Leid
die ganze Welt getaucht,
von meinem eignen Leid dahin gedrängt.

Ihr lauft nur zu vor mir –
ich fahr in euch wie
Karthäusernelken, Taubenskabiosen,
hinweg geschrien gleich,
ihr feindliches Getier,
ihr wollt um gleiche, tiefe Wünsche Streit.

Was bleibt in dieser Nacht
von meiner Welt noch mein,
der einsam durchgewachten Nacht, so lang?

Was soll ich nicht die Nacht
verwüsten mit Geschrei!?
Girlanden sollen brechen aus dem Schmuck,
der matte Taler an
dem Hals der Nacht soll nicht
die leisen Tritte wagen hier herbei,
aus seinem warmen Bett
besorgt soll jeder fahrn,
wenn meine heiße Kehle sprechen will.

Die Werke von Tobias Klingsor Roth wurden bereits in verschiedenen Anthologien veröffentlicht, u. a. in »Treffpunkt Schreiben« und in der Lyrik-Bibliothek II und III von Literareon.

Rezept zum Glücklichsein | *Enzo S.*

Man nehme …
ein Kind

mische es mit …
einer liebevollen Begleitung

würze es mit …
einer Prise Sicherheit, Zärtlichkeit und Wärme

gebe ihm …
viel Selbstbestätigung und Lob hinzu

und richte es …
in einem stabilen Uterus an

… und schon ist das geschmackvolle Glücklichsein
fertig!

Wohl bekomm's!

Enzo S., Jahrgang 1961, ist freier Autor und Journalist. Seine Texte wurden in zahlreichen Anthologien, Literaturzeitschriften, Fach- und Sachbüchern, Szeneblättern, Zeitungen sowie im Internet veröffentlicht.

WINTERLAND | *Martin Saumer*

Wenn die Winde leise rauschen
und die Bäume kahl nur blühen.
Wenn von fern die Vögel lauschen
und in den Süden dann entfliehen.
Wenn die Blätter ruhen
auf den Fluren
in dem nassen, feuchten Hain,
zeigt der Winter seine Spuren
in den Flöckchen weiß und rein.

Jene Flocken, die vom Himmel fallen,
begleitet nur von Nebligkeit,
verleihen Bäumen, Pflanzen allen
ein prächtig weißes Winterkleid.
Wie von Gotteshand gesteuert
verwandelt sich nun die Natur,
die im Frühjahr sich erneuert
und im Winter legt zur Ruh.

Einen dicken, weißen Mantel,
wallend über Wald und Stein
schimmert nun durch alle Lande
– so schlicht und schön und rein.
Wenn die Bäume nur noch wispern
und die Fee den Wald durchstreift,
lugt Mondenschein durch Baumesnüstern
leuchtend auf den silbrig-weißen Reif.

Seht, die Linde steht alleine,
auf der wilden weißen Flur.
Steht da im Mondenscheine
– nackt und kahl in ihrer Ruh.
Und auf den Nestern und den Ästen
legt sich still die weiße Pracht,
die da kommet hoch aus Westen
dicht an dicht in mondbewachter Nacht.

Martin Saumer, geboren 1971 in Kassel, gelernter Verwaltungsangestellter, schreibt schon seit frühester Jugend Gedichte, Kurzgeschichten und Satiren. Einige seiner Werke wurden bereits in Anthologien und Kulturzeitschriften veröffentlicht.

es muss schluss sein mit gedichten über die liebe
muss ein ende haben über das schöne zu schreiben
abgedruckt, für jeden lesbar, für jeden blicke
einblicke eröffnend in das was menschen verbindet
es wird das ende der liebesgedichte sein und kein
satz, kein wort, nichts wird davon berichten,
erzählen was ist, alles wird nur für sich sein und
dadurch erst leben, das ende der gedichte der liebe
ist gut, wenn kein wort mehr von liebe geschrieben
sein wird, wird es vergessen machen wie schön liebe sein könnte

Thomas Schafferer, 1973 in Innsbruck geboren, setzt sich gerne mit verschiedenen künstlerischen Bereichen, u. a. Lyrik, Malerei, Fotografie, Graphik oder Video auseinander. Nach dem Studium der Politikwissenschaft folgen rund zwölf Gedichtbände. 1998 gründet der Autor das Literaturmagazin »Cognac & Biskotten« und agiert seither als Chefredakteur. 2004 wird er für sein bisheriges Schaffen mit dem »1. Arthur-Haidl-Preis für Jugend und Kultur« der Stadt Innsbruck ausgezeichnet. www.schafferer.net

Wo bleibt die Zeit –
die Zeit, die mir noch bleibt!?
Ich habe Krebs – ich werde sterben …
In meine Adern pumpen sie Chemie –
der Krebs aus mir das Leben …
Ständig starre ich auf weiße Wände –
unaufhörlich stürzen sie auf mich herein …
Ich zermartere mir den Schädel –
wo bleibt sie, wo bleibt meine Zeit!?
Bei dem Gedanken gerate ich in Panik –
rasend verliert sich mein Verstand …

Doch auf einmal werde ich ganz ruhig –
da ist sie, da ist meine Zeit!
Nur ein kurzer Augenblick – endlich …
Unendlich …

Christian R. F. Schaller wurde 1977 in Reutlingen geboren, lebt und studiert heute in Saarbrücken. Sein Gedicht »Zivilcourage« erschien im Band IV der Lyrik-Bibliothek und erhielt dort den 2. Preis.

Mein Weg | *Heike Schiebeling*

Wenn ich gehen muss,
weil es keine Hoffnung mehr gibt,
dann sollst du bei mir sein.
Wenn ich gehen muss,
weil ich keine Kraft mehr habe,
dann sollst du bei mir sein.
Wenn ich gehen muss,
weil der Schmerz größer ist,
als meine Liebe,
dann sollst du bei mir sein.
Wenn ich gehe,
halte meine Hand!
Wenn ich gehe,
löse ich das Band
NICHT
Das unsere Herzen hielt
über so lange Zeit
und das uns sicherte
am Abgrund
um nicht völlig
in der Liebe Tiefen zu versinken.
Gehen muss ich,
Rückschau halten,
um ein letztes mal
zu winken:

Deinen Augen, deinen Händen,
deinem Herz
und nur die Liebe
mitzunehmen,
niemals mehr den Schmerz.

Heike Schiebeling wurde 1963 in Demmin/Vorpommern geboren. Mit ihrer Familie lebt sie heute in Jürgenstorf. Ihren Beruf als Medizinisch-Technische Laborassistentin übte sie 15 Jahre lang aus. Jetzt widmet sie sich ganz ihrer Familie und dem Schreiben.

Im Feld | *Nora Katharina Schmid*

Auf dem Rücken im Feld
Die Halme nicken
Jaja nicken sie
Sie nicken gequält
Sie wippen und blicken

Auf dem Rücken im Feld
Blau strahlt's von oben
Es leuchtet von fern
Auf die Stille der Welt
Die Sonne da droben

Auf dem Rücken im Feld
Alle Käfer blinzeln her
Irritiert und erstaunt
Als ob das was zählt
Alberne Gegenwehr

Auf dem Rücken im Feld
Sehr ruhig ist der Mai
Es strahlt die Sonne
Es blüht die Welt
Der Mai ist bald vorbei

Nora Katharina Schmid wurde 1985 in Saudi-Arabien geboren. Sie studiert Arabistik und Französisch in Berlin. In ihrer Freizeit schreibt sie Gedichte und Kurzgeschichten. 2005 wurde ihre erste Kurzgeschichte »Die Demütigung« veröffentlicht.

Sturm | *Armin Schmidt*

Heerscharen trommeln
Salven
Auf das Dach meiner Kammer

Ziegel zerbrechen wie hauchfeine Scherben.
Glänzender Stahl in schwieligen Händen.

Heulende, winselnde
Geister
In Höhlen und Schluchten.

Seufzer vergehen an rissigen Wänden.
Flüchtige Schatten zuckend verderben.

Blitze peitschen entfesselt
Wirbel
In düstere Wolken.

Wüstes Inferno aus Donner und Tosen.

Wirbelnder Staub um ächzend Gelichter.

Gebäude schwankend wie
Schiffe
In tosender See.

Flatternde Haare um derbe Gesichter.
Wirbelnde Blätter um Kelche aus Rosen.

Das Leben fällt krachend
Herab
Entwurzelt, zersplittert.

Mein Hut fliegt vom Kopf,
Folgt dem himmlischen Kind.

Armin Schmidt, Jahrgang 1940, war bis 2004 als Gymnasiallehrer beschäftigt, wobei sein Schwerpunkt auf Schultheater und Kabarett lag. Seit Sommer 2004 schreibt er Gedichte und Kurzgeschichten, die bereits in zahlreichen Anthologien veröffentlicht wurden.

Während uns nicht immer nur gute Worte begleiten –
auf der Suche nach dem Erfolg in größeren Breiten.
Trifft der Beharrliche – ist der hoffentlich auch Individualist –
unter Anwendung von Geschicklichkeit und ein wenig List,
auf größere Extreme als ihm letztlich lieb.
Versetzt ihm, häufiger oder am Rande, das Schicksal einen Hieb.
Ist doch vieles weniger goldig als es klingt.
Sich mit Sinn für Analytik unterschiedlichen Themen und
Menschen widmen,
erfordert stets von Neuem Geduld und wachen Verstand.
Resümee: Auch andere Menschen grübeln oft zu viel –
Stecken ihren Kopf trotzdem nicht in den Sand.
Erfolg stellt sich ein – wenn man nicht daran denkt.
Nicht alles lässt einen vor Schreck aufhorchen in der Ökonomie.
Achten wir lieber auf Merkmale; Monotonie von Tätigkeiten –
die gab es allerorten schon immer,
und in wirtschaftlich lascheren Zeiten stilisieren wir sie
häufig hoch –
dann formiert sich's – schon in Worten – wesentlich schlimmer.
Drum halte man fest an solidem Werte –
das wusste bereits in früheren Jahrhunderten mancher Gelehrte.

Ute Schmidt lebt in Frankfurt.

Erst ganz langsam rollen Wagen,
zieht der Zug, ich sitze drin …
Und er zieht, noch nicht genug,
pflügt die Gleise mit dem Bug,
rollen Wagen,
noch zu langsam hin.

Kann nicht halten,
kann nicht ändern,
an den Rändern
noch Gestalten,
sind noch Schatten –
es geht weiter –
die sich hatten:
Wegbereiter.

Immer schneller
durch die Gassen,
durch die Straßen
wird es heller,
und der Zug beginnt zu rasen –

und im Fluge
über Eile
geht es hasten,
keine Weile
oder Rasten
sind dem Zuge
keine Lasten! –

Bremsen ziehen
weiter fliehen
halten, halten dich zurück!

»RENDSBURG« – liest sich die Tafel in langsamen Lettern. – Ach, ein Stück Heimat von mir! Schnarrt die Stimme im Bahnhofslautsprecher.

Stephan W. Schmidt-Marx lebt in Kassel. Der Autor veröffentlicht Miniaturen und alles, was kurz ist: Satiren, Sketche, Gedichte, Essays.

An den einfachen Geist | *Gunnar Lou Schmitt*

Meine Bewunderung für ein Denken,
Welches niemals allzu tief geht,
Jedem Strahl der Sonne begegnet mit
Glücklich lachendem Empfinden
Sowie dem Fallen des Regens
Mit in sich gekehrtem Verharren.

Meine Achtung gegenüber Menschen,
An welchen unbeachtet vorbeizieht
Alles Morden und Verhungern der Welt,
Weil das Leiden anderer Kreaturen
Doch so weit entfernt und daher
Schon gar nicht wirklich sein kann.

Meine Angst vor all den Büchern,
Welche mich mehr und mehr belehren
Über die Sorgen anderer Länder
Und die Gedanken großer Denker,
Mich dabei gänzlich berauben
Jeglicher schützender Unwissenheit.

Beharrliches Streben nach Wahrheit
Enthebt niemals der Verantwortung
Gegenüber dem Elend unserer Zeit,
Weist vielmehr energisch darauf hin
Und zerstört alle Harmonie – irgendwann
Hoffentlich auch diejenige der Ignoranten.

Gunnar Lou Schmitt wurde 1959 in Bonn geboren und studierte Geschichte und Philosophie, um anschließend seinen eigenen Musik-Laden zu eröffnen. Heute unterrichtet er als Weiterbildungslehrer und widmet sich außerdem der Literatur sowie der Pflege seiner Kakteen. Veröffentlicht wurde bisher eines seiner Gedichte und die Erzählung »Toni mitten im Leben«.

Vor meinen Füssen | *Nelly Schmitt*

Vor meinen Füßen
liegt der Rest
unserer Freundschaft.
Zerstreut,
in Stücke gerissen,
in Teile zerfetzt,
in Tränen gebadet.
All das Glück,
all das Lachen,
all die Lebensfreude
liegen da,
niedergetrampelt.
Musste es so ein Ende nehmen?

Vielleicht habe ich nur den Brief zerrissen,
nicht unsere Freundschaft.

Nelly Schmitt, Jahrgang 1986, wurde in Heppenheim geboren und wuchs in Hemsbach auf. Heute studiert sie Deutsch und Französisch in Heidelberg und schreibt nebenbei als freie Mitarbeiterin für eine Tageszeitung. Außerdem musiziert sie mit Geige und Klavier in Ensembles und Bands.

Ein paar Fragen | *Jürgen Schoob*

Wie wird das Leben,
nach dem Sterben?
Wird man uns suchen,
und finden?

Weht der Wind uns
noch durchs Haar,
wie vor ein paar Tagen,
als wir noch glücklich
miteinander waren?

Oder, deckt uns
nur kalte Erde zu?

Jürgen Schoob, Der Lyrische Handwerker ist in Neckarsulm geboren und findet im Schreiben einen Ausgleich zum nüchternen Alltagsleben. Bisher publizierte er zwei Gedichtbände im Eigenverlag. Seine Gedichte erschienen außerdem in einigen Anthologien, u. a. in Band IV der Literareon Lyrik-Bibliothek.

Mach' dich frei von Leid,
Leg' es ab und lass es liegen.
Nun, schließe die Augen,
Lass' deine Sorgen fliegen.

Und jetzt fühl' den Frühling,
Wie er deine Sinne beflügelt.
Hörst du seine Töne,
Entspannend und leis'?
Erzählt von Liebe und Heiterkeit.

Riechst du die Luft, kurz vor dem Regen?
Ganz frisch und belebend.
Sie weckt Geist und Seele,
Führt sie zusammen und
Lässt sie atmen.

Und spürst du den Wind,
Der sanft deine Haut streichelt?
So warm und behutsam.
Weht weg alle Wolken
Aus deinem Herzen,
Schafft dir klare Gedanken.

Schau nur, die Farben dieser Natur.
So strahlend hell, so wunderbar.
Spiegeln sich auch
In deinen Träumen wieder.
Denn Fantasie malt die schönsten Gefühle!

Siehst du nun das Leben,
Für das sich leben lohnt?
Also genieß' es mit all' seiner Vielfalt
Und vergiss
Die Frühlingstrauer.

Susanne Schulz ist Schülerin der 11. Klasse am Hildebrand-Gymnasium in Stendal. In ihrer Freizeit spielt sie Gitarre und schreibt auch englische Songs. Das Gedicht »Frühlingstrauer« ist im Rahmen einer Deutsch-Hausaufgabe entstanden.

die zeit ist reif, ganz wild und sanft in zügen uns zu züchten,
greift sie zu, zieht mich zu dir und lässt mich nicht mehr flüchten.

die zeit ist reif, der wind ganz nah, er treibt dich an zu wagen,
stark unbesiegbar und kein traum, will leidenschaft dich tragen.

die zeit ist reif, der sand verstreut, in häufchen, die sich mehren,
bald folgt dem tag die wilde nacht, wir werden uns nicht wehren.

die zeit ist reif, der raum steht still, momente, die sich lohnen,
währt uns das glück, sehn wir die welt in neuen dimensionen.

die zeit ist reif, den traum, das wir, nicht länger zu verschieben,
gönnt uns die flut, der sturm kaum ruh', doch lässt uns ewig lieben.

Heidi Schulze ist Bürokauffrau und lebt in Leipzig. Ihre Werke wurden bereits mehrfach in der Lyrik-Bibliothek von Literareon veröffentlicht.

Es war der Mond | *Sybille Schumann*

Es war der Mond, ich sagte zu dir, öffne dich mir.
Es war der Mond, du sagtest zu mir, lab dich an mir.
Es war der Mond, der meine Zunge wandern ließ in dir.
Es war der Mond, der mich trinken ließ in dir.
Es war der Mond.
Ach, es war der Mond …
Ach …

Sybille Schumann lebt in Magdeburg und schreibt begeistert Lyrik. Für sie sind Gedichte »das Lachen der Seele«.

VERSCHONT | *Angelica Seithe-Blümer*

Das Telefon läuten lassen.
Nicht abnehmen
Nicht wissen, wer es war.
Nicht wissen, dass du
es nicht warst.

Angelica Seithe-Blümer lebt in Wettenberg.

Die Stille | *Dörthe Siemers-Wulff*

Laut dröhnend tönt
die Stille.
Rauschend, knisternd,
pfeifend, brummend,
verschlingt sie
lärmend die Welt.
Am Ende bleiben
stumme Bilder.
Leise rauschend,
knisternd, pfeifend,
hörbar auf den
ersten Blick.

Dörthe Siemers-Wulff wurde 1951 in Delmenhorst geboren. Nach einer kaufmännischen Ausbildung absolvierte sie außerdem ein Kunststudium mit dem Schwerpunkt Bildhauerei in Kiel. Sie verfasst seit 1987 Gedichte und hat bereits in Band IV der Lyrik-Bibliothek ein Gedicht veröffentlicht.

Weit hatte ich es gebracht.
Wenn sie es wollten, lachte ich. Wenn sie es wollten, weinte ich.
Ich war traurig, fröhlich, artig, brav, witzig, klug,
wann immer sie es wollten.
Benehmen hatte ich gelernt, wie sie es wollten,
gehorchen, wie sie es bestimmten.

Für mich selbst hatte ich Wollen, Verlangen einfach vergessen.
»Es steht dir nicht zu«, sagten sie, »etwas zu wollen«.
Irgendwann wusste ich nicht mehr, wie das geht mit dem Wollen.
Sie hatten mich erzogen, wie sie das wollten, ohne meinen Willen.

Vor allem aber sollte ich still sein und nur dann sprechen,
wenn sie es erlaubten. Auch das hatte ich gelernt.

Es gab eine Zeit ganz am Anfang, in der ich ungefragt redete.
Ein sträfliches Vergehen. Eine Sträflingszeit.

Danach schwieg ich, weil sie es wollten.
Und ich war niemand, weil sie es so wollten.
Ich redete in mich hinein. Niemand hörte mich, weil niemand
zuhören wollte, und niemand störte mich.

»Warum sprichst du nicht? So sag', du bist doch klug, so sag'
doch was!«

»Ich hab's vergessen, habe vergessen wie das geht,
wie man sagt, was man denkt.«

Rosa Speidel, Jahrgang 1943, lebt seit 1954 in Deutschland. Sie schreibt seit ihrer Jugend Gedichte und seit 2002 auch Prosa, Kurzgeschichten und Erzählungen. Eines ihrer Gedichte wurde bereits in der Lyrik-Bibliothek III veröffentlicht. Sie nimmt regelmäßig an Schreibwerkstätten teil.

Wege, die sich nicht kreuzen | *André Steinbach*

Wege, die sich
nicht kreuzen,
wie Sterne,
die sich nicht finden,
am dunklen Himmel – wolkenlos.

Am Wegesrand,
Einsamkeit flüsternd,
wie zufällig hingestreut,
Steine aus Träumen
und Vergangenheit.

Morgen und Abend
zerfließen
im Tagtraum
wie Lerchengesang,
dazwischen Wege,
die sich nicht kreuzen,
verlassen und einsam,
wie Sterne am dunklen Himmel.

André Steinbach, geboren 1943, wechselte nach dem Grafikstudium zur tropischen Agrarwissenschaft. Für seine Grafiken wurde er mehrfach ausgezeichnet. Er schreibt Lyrik und Kurzprosa auf Deutsch, Englisch und Spanisch.

Schwung genommen | *Ursula Strätling*

Schwung genommen und dann
aus dem Tritt gekommen
Hürde nicht genommen
Ziel verfehlt und demzufolge
fängt das ganze Elend
Halt! Nicht noch einmal ganz von vorne
aus der Mitte aus dem Bauch
heraus ganz sachte
und behutsam nun und bloß
nicht hektisch sondern eher
reflektorisch hinter deiner Stirne
ausgerichtet der Elan
sonst brennt er durch
die Wand mit dir erneut

Die 1955 geborene Autorin Ursula Strätling schreibt Lyrik und Kurzprosa. Sie lebt im Münsterland und veröffentlichte bereits mehrfach bei Literareon.

Wie kann eine Liebe sterben
die eine Liebe die eine Liebe ist
es sei denn – ihr stiehlt einer das Wurzelherz

Und weiß das ICH
sie ist kein Fest
das durch die Lichter gaukelt
auf Lippen tropft ins Dekolleté
in Beugen sich will schonen
die Wände dünngestielter Gläser perlt hinab
sie jubiliert nicht das Gemeinsam immerfort
da sei das ICH vor

Wie kann eine Liebe sterben
die ihr Fest auch aus dem Glasbruch nährt

Die Eifersucht – der Seiltanz auf den Ästen
Gebrochene Eitelkeit – der Fraß an ihrem Blatt
Der Neid gräbt unter ihre Rinde sich
Die Fehde beißt ihr ab die Knospen

Aber wie kann eine Liebe sterben
die eine Liebe die eine Liebe ist
es sei denn – ihr stiehlt einer das Wurzelherz
Der Eine
kann der Tod nur sein

Ina Strelow wurde 1958 in Berlin geboren. Sie leitete Fotoausstellungen, arbeitete als Redakteurin, als Dramaturgin und Regieassistentin bei Theaterproduktionen. Sie hat zwei Kinder, schreibt Prosa, Theaterstücke, Hörspiele und erhielt mehrere Stipendien. Ihre Werke wurden in verschiedenen Verlagen sowie Literatur- und Kunstzeitschriften veröffentlicht.

Begegnung auf der Strasse | *Alban Sturn*

Im Spiegel sah ich hinter mir
ein Fahrzeug näher kommen.
Zum Überholen setzt es an –
im Regen ist's geschwommen.

Der Lenker war ein junger Mann,
er ließ sein Handy sprechen.
Ich ahnte es, es sprach der Tod,
er wollte sich jetzt rächen.

Sein Auto war auf Schleuderkurs,
es prallte an die Mauer.
Ich bremste ab und stieg dann aus
und sah den Tod genauer.

Alban Sturn, wohnhaft in Frastanz (Österreich), veröffentlichte 2004 den Gedichtband »Etwas und Nichts« und 2005 bei Literareon den Lyrikband »Lyrischer Spaziergang« sowie Erzählungen und Gedichte in zahlreichen Anthologien und Lyriksammlungen.

Ein Wintermärchen:
Smogbrauner Schnee auf dem Randstein eines Trottoirs.

Die Ozeane im Wirken der Gezeiten:
Rinnsal im Spiel lauer Fönwinde.

Große Gefühle:
Ein müdes Lächeln.

Rückgrat:
… falsches Pathos …

Bitte?
(Reale Beantwortung in der verminderten Oberquinte)

Gebetstelefonie:
Vergessen in der Warteschleife.

Weinen:
Sprühregen der Tränensäcke.

Die Patina der Zeit:
Getrockneter Vogelschiss.

Doch wie süß schmeckt dein fiebriger Atem.

Tanze Schöne, tanze
Für einen Untergang
Noch vor dem Danach
Im Sound der Musik.

Danach:
Interimserlösung vom Mittelmaß.

Würgemale des Selbst – :
Zur Zierde.

Martin Tanšek ist 1984 in Stuttgart geboren. Der Autor studiert seit 2004 Komposition an der Hochschule für Künste in Bremen. Das vorliegende Gedicht erschien auch schon in der »Anthologie junger Menschen« (worthandel: verlag).

Ich habe schon einmal ein Schiff verspeist | *Mehmet Tas*

Ich habe schon einmal ein Schiff verspeist
und habe ein Flugzeug durch meine Ohren gejagt
einen Berg von seinem angestammten Platz versetzt
einen Vulkan mit meinem Daumen verstopft

mit einem Ozean meinen Durst gelöscht
die Regenwälder grün gemalt
aus dem Nordpol lecker Eis geholt
am Äquator die Erde umarmt

Mit dem Mond Tischtennis gespielt
den Wirbelstürmen den Wind genommen
mit den Satelliten Fotos um die Wette geschossen
Kontinente in die richtige Formation gebracht

die Wolken am Himmel durchgelassen
die Sterne an und aus gemacht
die Blumen aus dem Boden sprießen lassen
die Erde um die eigene Achse beschleunigen lassen

Ich war auch mal überladen
und habe der Welt den Rücken zugedreht
sie nahm keine Notiz von mir
und hat sich einfach weitergedreht

Der Autor Dr. Mehmet Tas lebt in Berlin.

FRÜHER ODER SPÄTER | *Gabriele Thiere*

Du warst zu früh
an meinem Fluss
und ich zu spät an deinem Ufer
Du wartest nicht auf mich
Während ich unterwegs bin
Dich zu finden

Gehen wir weiter
Sollte die Erde tatsächlich rund sein
Müssten wir uns bald in die Arme laufen

Gabriele Thiere wurde 1965 im sächsischen Gröditz geboren. Seit 1988 lebt sie in Berlin. Sie ist Mitglied des Literaturkollegiums Brandenburg e. V. und schreibt hauptsächlich Lyrik, welche in den Anthologien des Literaturkollegiums veröffentlicht sind. Sie ist bei Lesungen in Berlin und bei den Nächten der Poesie im Land Brandenburg zu sehen und zu hören.

Schwerelosigkeit
Nicht fragen,
Was es ist
Am Anfang,
bis ans Ende schauen
Antwort
Nicht du
Bleibt stumm
Spüre das Leben in mir
Verliebt
Hier und Jetzt,
In dich

Angst verlieren,
lernen zu riskieren
Nur du und ich,
Auf der Reise
in die Unendlichkeit
Liebe
Zukunft in Zweisamkeit
Unser Augenblick

Katharina Maria Thilke, 1986 in Werther (Westf.) geboren, lebte bis 1996 mit ihrer Familie in Bielefeld. In Gütersloh besuchte sie das Städtische Gymnasium, bis sie im Sommer 2005 die allgemeine Hochschulreife erwarb. Mit ihrem Studium der Humanmedizin hat sie im Frühjahr 2006 an der Westfälischen Wilhelms-Universität Münster begonnen.

ich trage fort
was meine augen fassen
da blüht der handel
mit meinen lichten blicken
und sie feilschen
um mein letztes wort

Cornelia Travnicek wurde 1987 in St. Pölten geboren. Die Autorin erhielt bereits einige Auszeichnungen, u. a. den Preis für jugendliche Autoren vom Verein Exil 2005.

Veilchenduft | *Thorsten Trelenberg*

Schatten Wolken
Tanzen

Auf den Dächern

Verweht kühler Veilchenduft
Unsere Tage

Träume
In diesem Moment

Flügel berühren

Den Wolkenrand

Thorsten Trelenberg, 1963 in Schwerte geboren, ist in mehreren Anthologien vertreten und veröffentlichte bis heute fünf Gedichtbände und ein Kinderbilderbuch. 2005 wurde er für den Ernst-Meister-Lyrikförderpreis nominiert.

(zu Remarques »Im Westen nichts Neues«)

Durch Wolken von Asche der Freiheit entgegen,
dem Tod, nicht dem Leben.
Marschieren wir bei Hitze und Regen der Freiheit entgegen!
Der Freiheit entgegen?

Die Zukunft liegt im dichten Nebel.
Du bist geworden endlich Feldwebel.
Doch du marschierst der Freiheit entgegen, ohne erinnern dich können an Vergangenheit.

Die Jahre der Jugend wird keiner zurück dir nun geben.
Umkreist von Feinden wie in Spinnenweben.
Bevor Granate wird dir letzten Atemzug noch nehmen und das Wort »Mutter« entreißt sich deiner Brust.

Wirst du noch einen Hoffnungsschleier sehen
Und doch verstehen,
dass in die Freiheit führt kein Weg zurück …

Nina Urbanowitsch wurde 1988 in der Ukraine geboren, lebt seit 1993 in Deutschland und verfasst seit ihrem 10. Lebensjahr Gedichte in deutscher, russischer und englischer Sprache.

Die Wiese | *Wolfgang Uster*

Auf einer Wiese lag ich einmal,
Herbst war es bald und tränenbegossen
zeigte mein Antlitz Liebschmerzenpein:
Da schiss ein Drosselweibchen hinein.

So spürte ich just unterm Nasenloch
Kloakenfüllung vom Vögelchen frei,
im Netzhautflimmern ein schlieriges Bild
und irgendwie roch es unglaublich mild,

so mild, dass ich genauer hinroch.
Da zog ein süßer, fast sämiger Duft
unterm Nasenbein ins Gehirn hinein
und aus war's mit der Liebschmerzenpein.

Im Kuss der Natur ein Völlegefühl,
das Gras in den Blumen wie Schamhaargeflecht,
ein Wispern, ein Locken in öligem Ton:
Da liebt' ich den Wiesenchampignon,

die Milch im bitteren Löwenzahn
wie Würze unterm Thymian.
Die Wiese griff nach mir und taub
sank ich in kitzelnden Mohnblütenstaub.

Da dunkelt es. Der Grashalm sackt.
Und in der Dämmerung liegt nackt
des Schattens Lust als Nachtgestalt
im Rispenmuster aufgemalt.

Ein kurzes Zögern. Schwebend senkt
schamgelb mein Körper sich hinab
und küsst verzückt geliebten Grund.
Gruß dir, oh Nacht, im Sinnesschwund!

Im Nieselmorgenkrähenbiss,
da leckt mir eine Kuh am Hals.
Ich stecke bis zum Ohrenschmalz
im grünen Kuhgeschiss.

Wolfgang Uster, geboren 1951, hat bereits Lyrik und Kurztexte in diversen Anthologien, wie beispielsweise im Verlag der Autoren, im Fackelträger Verlag und bei rororo veröffentlicht.

STOCKUNG | *Inga Vietzen*

deine sprache ist zu
elastisch zu wenig
faktisch schlingt sich
schlangensternig um
dein selbst verstellt
verprellt gewellt
semantik wird aufgestaut
auf der stelle
abgebaut.

Inga Vietzen, 1978 in Hamburg geboren, lebt in Berlin. Sie studierte Anglistik und Allgemeine Literaturwissenschaft in Tübingen, Nottingham und Berlin. Ihr Gedicht »Aufschwung« erschien in Band IV der Lyrik-Bibliothek von Literareon.

In dem Moment,

als Murat behutsam
unter der Hand
seinen mühsam erarbeiteten
Schummelzettel
in Gerdas Richtung schob,

als Bernhard gleichzeitig Parsa
hinter vorgehaltener Hand
einige wichtige Jahreszahlen zuraunte,

während Yassina, Franz und Abdul
den Lehrer vorne,
der die Zeitung las,
mit Argusaugen beobachteten,
um im Ernstfall
ihre Kameraden
rechtzeitig warnen zu können,

in diesem historischen Moment
hatten alle sieben
den Geschichtetest
bereits bestanden.

Werner Vogel wurde 1964 in Wien geboren. Nach seinem Studium der Germanistik und Geschichte arbeitet er seit 1990 als Gymnasiallehrer in Wien. Außerdem ist er Co-Autor für mehrere Schulbücher und hat bereits in zahlreichen Anthologien, Literaturzeitschriften, Zeitungen und im Hörfunk veröffentlicht. Beim Kurzgeschichten-Wettbewerb 2006 »augenblick!« von Literareon erhielt er den 3. Preis.

AUFBRUCH IM FRÜHLING | *Susanne Voigt*

Dunkelbraune Erde
bricht auf

Strahlende Sonne
wärmt

Prasselnder Regen
wässert

Hellgrüne Knospe
wächst

Plagende Sorge
verblasst

Leidende Seele
heilt

Hartes Gesicht
lächelt

Der Frühling durchdringt uns
mit sanften Strahlen.

Susanne Voigt, 1958 in Badenhausen geboren, ist Grund- und Hauptschullehrerin. Neben der beruflichen Tätigkeit veröffentlichte sie bereits einige Gedichte und Kurzgeschichten in Zeitschriften und Anthologien. Eines ihrer Gedichte ist bereits in der Lyrik-Bibliothek von Literareon erschienen.

Sich über alles zu freuen?
Sich sein Leben zu zerstören?
Sein Leben in vollen Zügen zu genießen?
Sein Leben zu verbauen?
Sein Leben selber zu gestalten?
Sich von seinem Leben überrumpelt zu fühlen?
Sich in seinen Gedanken gefangen zu fühlen?
Sein Leben anders vorstellen?
Sich den Konsequenzen des Lebens zu stellen?
Sich frei und munter zu fühlen?
Sich des Lebens Fragen zu stellen?
Sich des Lebens einsam zu fühlen?
Sich den Schmerzen des Lebens zu stellen?
Sich im Inneren des Lebens in Traurigkeit hüllen?
Sich jeden Tag für sein Leben Mut zu sprechen?
Sich den Glauben zu erhaschen von Gott?
Sich in Angst und Schrecken zu versetzen?
Sich jeden Tag Frohsinn zu erhaschen?
Sich in Glück Tag für Tag zu baden?
Sich von Leere zu ernähren?
Sich seinen Wunsch von Trauer zu befreien?
Sich jeden Tag von Ängsten befreien?
Sich jeden Tag durchs Leben zu quälen?
Sich fragen, was bedeutet Leben?
Sich die Frage nie beantworten?
Was bedeutet Leben?

Sandra Wagner, Jahrgang 1986, lebt mit ihrer Familie in Pößneck. Sie hat zwei ältere Geschwister und leistet im Moment ein freiwilliges ökologisches Jahr im Tierpark Eisenberg ab.

Tanz mit den Wolken | *Michael Weber*

Tanz mit den Wolken
Seelenvogel
auch wenn die Flügel müde
und die Kräfte lahm
tanz, tanz nur
in den Morgen
der Abend ist nah
voller Friede ist das Fliegen
wenn die Lüfte sonnenklar
tanz mit den deinen
tanz befreit im Fluge
die Erde wird sich zeigen
als Heimatort in Himmeln
nun tanz mit allen Kräften
gib den Tagen hellen Mut
und alles stilles Seufzen
erlöst sich
löst sich im Spiegel
und gibt dem Glanze
neue Glut …

Michael Weber, geboren 1975, studiert Wirtschaftswissenschaften und Philosophie. Er schreibt seit 15 Jahren Lyrik und hat bereits mehrere Gedichte in Anthologien veröffentlicht.

EPISODISCHES | *Felix Weigand*

I.

wir teilen den tisch und reichen im rund:
vom fisch das gedärm und vom feuer
die reste.

mit uns: der jäger –
roh ist das fleisch seiner träume
nackt und noch warm
und der tod eine feine sache.

II.

wir wissen bescheid:
über die leere des raums die tilgung der tage und
die erfindung der götter

wir kümmern uns:
um einstiges um reliquien aus uran
um requien auf regenten

und rührselig sammeln wir:
vergangene geschwülste gedächtnislücken erbsünden
und andere winterzehrung.

III.

mit uns: der prophet –
schwund im gefolge und schweiß auf der stirn
liest er aus unseren pfoten.

in seinem grindigen blick
ruhen die geburtsfehler
vieler jahrtausende.

er weiß wie mans nicht macht
und doziert wie immer:
über schmorhase rektum
und den modus vivendi.

IV.

das also sind wir: im zähen zaum der zeit
und ohne wichtigkeit dem selbst überlassen

wir: die wir den ruf hören der uns hinüberzieht
ins weite nachtgebiet

wir: die wir leben
zwischen befruchtung
und tod –

Felix Weigand, geboren 1981 in Mainz, studiert Sprachwissenschaft des Deutschen sowie Neuere und Neueste Geschichte in Freiburg und zur Zeit in Melbourne. Er schreibt seit seinem 11. Lebensjahr. Seit 1999 Veröffentlichungen in diversen Anthologien.

ANGST | *Gabriela Weil*

Niemand hat den Mensch gefragt,
ob er da sein will auf Erden,
hingeworfen war der Mensch,
ohne Kompass für sein Werden.

Ängstlich blickte er sich um:
Ein Daheim, das sah er nicht,
ihn umgab nur fremdes Nirgends,
eine unheimliche Sicht.

Endlich zeigte sich ein Stern,
strahlend hell am Firmament,
wies dem Menschen seinen Weg,
apodiktisch konsequent.

Und der Mensch folgte dem Stern,
unterwarf sich dem Gebot,
doch sein Weg führte ins Dunkel,
denn der Stern – das war der Tod!

Gabriela Weil arbeitet als Lektorin, hat aber auch bereits selbst Gedichte veröffentlicht, u. a. in der Lyrik-Bibliothek von Literareon.

Zu fortschreitender Zeit
verschlingen die Berge die Sonne
und der Mond sprüht voller Wonne
seine Strahlen so weit

Des Nachtes Dunkelheit
durchforscht durch Sternenblicke
und des Menschen Einsamkeit
verraten verhallende Schritte

Warmes Kerzenlicht konkurriert
mit knisterndem Kaminfeuer
und Schatten der Gedankenungeheuer
werden in Behaglichkeit flambiert

Eine riesige Glückesflut
schreitet durch die Tür ins Freie
und beflügelt den sinkenden Mut
trotz dem finsteren Schreie

Versteckt unter weißer Decke
erahnt man fruchtbares Land
und eine feste Windeswand
wandelt jede Antilope in eine Schnecke

Frohe Farben, glückliche Gesichter
gemütliches, gemeinsames Genießen
doch es gibt Menschen ohne Lichter
deren Tränen unaufhaltsam fließen

Die Zeit wird kommen
wo jeder lacht
und jeder jeden glücklich macht

Doch das sind Träume solcher Nacht!

Isabel Weiland wurde 1981 in der Nähe von Düsseldorf geboren. Heute lebt sie als Rechtsreferendarin in Pfaffenhofen.

Bei Urlaubs in Alendorf (Vernissage 2000) | *Sylvia Welker*

Zu Urlaubs in den Garten muss man gehen,
vor vielen duftenden Blüten stehen;

auf hölzernen Dielen über Teiche wandeln,
bei summenden Scharen um Süßes anbandeln;

unter schattigen Bäumen Kaffee schlürfen,
nicht lernen müssen, sondern plaudern dürfen;

in Scheune und Werkstatt versteckte Kunst entdecken,
die eigene Neugier ein Leben lang wecken!

Sylvia Welker studierte Mathematik, Französisch und evangelische Religionslehre in Bonn und arbeitete als Fabrikarbeiterin, Putzfrau, Arzthelferin, Missionarin und Lehrerin im In- und Ausland.

PFLANZENFRESSER | *Volker Welz*

Leberblume
Fasermasse
in Glänzendbraun
nach Hundeschnauze
duftend oder
aufgebrochenem Schwein

die pflückt
wer
Bestimmungslyrik
liebt
oder
nichts
von Namen weiß.

Volker Welz, geboren 1965, studierte Literaturwissenschaft in Osnabrück und war danach als Dozent an einer Privatschule in Hamburg tätig. Seit 2000 lebt der Vater zweier Töchter in Berlin; er hat in verschiedenen Zeitschriften und Anthologien Kurzprosa und Lyrik veröffentlicht.

VERSTECK | *Henning Wenzel*

der traum war schimmlig und stank
köpfe vertauschten sich, nasen fielen ab
ein splatterfilm im eignen körper
eine transformation tut höllisch weh

dabei begann die nacht mit einem schwingen
glänzende augen verließen jede begrenzung
schienen vor freude aus den höhlen zu kippen
sätze gesprochen in nähe und verständnis

dann, irgendwann, verlor der halt den halt
gläser zerbrachen, geilheit wurde wut
krankheit fand den weg hinaus
haß drehte sich zum tornado
verwandelte feuerstellen in ewiges eis

Henning Wenzel wurde 1962 in Lützen in der Nähe von Leipzig geboren. Er arbeitete bisher als Schweißer, Marinefunker, Druckmaschinenreparierer, Bühnentechniker, Schauspieler, Reiseverkehrskaufmann, Beleuchter, Regieassistent, Inspizient, Abendspielleiter und schreibt dazwischen immer wieder Gedichte.

DER SINN | *Steven Whipcord*

Als ich klein war, da verstand ich nicht viel.
Ich tat mit Spaß einfach und war ohne Angst.
Mein Leben war wie im lustren Spiel
und ich lebte ohne das, wie heut, mein Herz du bangst.

Schule, Ausbildung, Beruf und Aussteigen
Schwierigkeiten wurden weggelegt
Ich suchte Arbeit und tanzte im Reigen
Unsicherheit und Sorge waren schnell weggefegt.

Verantwortung und nahendes Alter sorgte
Atemnot kam und die Frage nach dem Sinn
Unnötiges Geld, das ich mir borgte
Standard machte aus, was ich bin.

Was kommt nach dem allen?
Was kommt, wenn ich alt bin?
Werde ich in eine Krankheit fallen?
Angst und Sorge bestimmt meinen Sinn.

Wo ist der Sinn im Leben
Was ist, was kommt danach?
Höre doch meinen Herzschlag beben!
Liegt im Tod mein Leben brach?

Er ist doch die Raupe, der Kokon und Schmetterling.
Altes vergeht und es bleibt das Leben
Verliere den Boden und tue dein Ding
Lerne Vertrauen und Liebe zu geben.

Du stirbst, Dein Kokon zerfällt.
Steig auf, immer hat Gott Dir beigestanden!
Was sind schon Macht und Geld
gegen Seelen, die sich in Liebe fanden.

Auf Gott zu hoffen wenn Du bangst,
du Menschenraupe, lerne und singe!
Stirb Verzweiflung, Unsicherheit, Angst!
Lebe, Liebe, flieg wie die Schmetterlinge!

Die Seele flieht durch einen Tunnel,
schaut dann vom Himmel auf den Körper herab
Kokon du mieser Todesschummel,
du Weg in die ewige Unsterblichkeit.

Steven Whipcord lebt in Berlin und schrieb bereits im Grundschulalter erste Gedichte. Im Laufe der Zeit setzte er sich mit religiösen Themen auseinander und verarbeitet mittlerweile auch biblische Stoffe, wobei das Buch der Bücher wertvolle Hinweise liefert.

Du … Ich … Wir … Irgend jemand …
Traum … Leben … Geschick …
Tiefe … und Höhe … Himmel … und Erde …
Geschichte … Moment … Augenblick!!!
Winter … Kälte … und Sehnsucht …
Hoffnung … Glaube … und Kampf …
Menschen … Tiere … und Orte …
Und so … verschiedener Kram …
Ruhe … gleichzeitig Aufregung …
Träne … Schmerz … kurzes Glück …
Tatenlose Tage … Zeit Verschwendung …
Schwarz vor Augen … Zusammenbruch …
Neue Zeit … Treppe hoch … alte Bühne …
Gleichgültige Szene … ein wichtiger Tag …
Applaus … Lob … Blume und Träne …
Helles Licht … ein Schuss … und Sarg …
Paar Sekunden … Minute … Stunde …
Einfach Wort … ein Satz … und Gedichte …
Kreis … ein Kreuz … neue Runde …
Augenblick … Moment … Geschichte!!!

Vera Widmer ist Musiklehrerin und Chordirigentin. Seit ihrem 14. Lebensjahr schreibt sie Gedichte. Sie lebt in Bad Oeynhausen.

Seifenblasen | *Gisela Wimmer*

Selbstvergessen hockt das Kind
im Stadtverkehr am Straßenrand.
Ist Auge nur. Mit leichter Hand
lässt's Seifenblasen schweben.

Schillernd steigen sie empor
in lauer Luft, geschwisterlich.
Sie drehen und berühren sich
in Regenbogenfarben.

Elfenreigen tanzen sie.
Entzücken strahlt in blauem Blick,
verklärt durch silberne Musik,
die nur die Kinder hören.

Seifenblasen fliegen hoch.
Und platzt auch manche ohne Ton,
zerstört noch nichts die Illusion
in märchenbunten Träumen.

Gisela Wimmer ist Mitglied einer Schreibgruppe und hat einige ihrer Gedichte und Kurzgeschichten in Anthologien veröffentlicht.

Vorne quiekend: Violinen,
Jammerschinken, lackbeschienen,
Erster, zweiter; Geigerzähler.
Erst mal weiter. Quietschequäler:

Pikkolomineskes Flöten.
Rülpsen von Posaunenkröten.
Rechts davon Lautdiarrhöe:
Rumgerotze der Obö.

Bratschen patschen, knatschen, ratschen,
Matschen, pflatschen, latschen, quatschen.

Während Cellos – Cellis – Cellen –
Paukenschlag auf Trommelfellen.
Klarinettes Klezmerweinen.
Kontrabasses Brummelgreinen.

Zauberstab am Dirigent.
Beethoven dem Abonnent.
Ding-Ding-Ding: triangulär.
Kassenstand: subsidiär.

Lino Wirag, 1983 geboren, ist Jugendmeister des »German International Poetry Slam 2004«. Neben Auftritten als Bühnendichter in Deutschland, Österreich und der Schweiz hat er bereits als Zeichner, Fotograf und Autor in Anthologien, Zeitschriften und Zeitungen publiziert. Lino Wirag ist Mitglied im Bundesverband junger Autoren.

Das Tor | *Hermann Wischnat*

Beim Fußballspiel
bringt mancher Ball
zwar Widerhall,
doch zählt nicht viel.

Selbst Pfostenschuss
mit scharfem Drall
und hartem Knall
bringt nur Verdruss.

Ein Hochgefühl
zeugt überall
allein das Tor.

Das ist das Ziel
bei Sang und Schall
der Fans im Chor.

Hermann Wischnat, geboren 1936 in Heiligelinde, schreibt Lyrik und Kurzprosa.
Bei Literareon erschien 2005 sein Gedichtband »Auf der Höhe der Zeit?«.

Voller Buntheit ist der Sommer,
wenn dabei auch Blitz und Donner.
Der Herbst die Buntheit übernimmt,
sowohl für Blüten und Blätter bestimmt.
Die Farbe grau dann dominiert,
doch nicht lange, weil vieles gefriert.
Die Landschaft hat die Farbe weiß übernommen,
und bald wird die Buntheit wieder kommen.
Von vorn beginnt die Natur ihren Reigen
und will mit all ihrer Kraft uns zeigen,
es geht immer weiter, bleibt nicht stehen,
auch wenn wir die Pracht einmal nicht mehr sehen.
Sind wir doch selbst auch ein Stück Natur,
das hinterlässt zwar manche Spur.
Doch wie Blumen und Blätter verwelken auf Erden,
so wird es auch mit den Menschen werden.
Ein jeder weiß es von Anfang an,
aber vergisst es schon dann und wann,
hütet, hegt und pflegt manche Kleinigkeit
als gehöre ihm die Ewigkeit.
Mensch, lass los von vielen Dingen,
die nur Mühe und Arbeit mit sich bringen.
Freu' dich des Lebens, so lang das Lämpchen glüht.
Legt's Fältchen sich ums Auge, leg Reize ins Gemüt.
Verzeihe deinem Nachbarn seinen Tick.
Auch er kommt eines Tages nicht mehr zurück.

Else Wussow wurde 1921 in Pommern geboren. Nach dem Besuch der kaufmännischen Handelsschule machte sie eine Lehre als Industriekauffrau. Seit 1981 ist sie pensioniert und zog schließlich 1994 ins Wohnstift Mozart in Ainring/Obb.

Via dolorosa | *Engeltraud Zarbuch*

»Papa, komm heim«,
sagt leis' das scheue Kind.
Sie ist nicht älter
als fünf Jahre – kaum.
Hell ihre Haut,
die Augen braun und groß
und rund.

»Papa , komm heim«,
trifft die zarte Bitte
mild sein Herz.
Setzt er ab sein letztes Glas,
steht taumelnd auf.
Er wendet sich dem Kinde zu,
stützt wortlos
auf des schwachen Mädchens Schulter sich.

Schwarz sein Haar;
dunkel – wie ihr Aug' –
des leidend Mannes junge Haut.

Abgekehrt von aller Welt
blickt schmerzerfüllt er
in sein Innerstes hinab.

Tasten schweigend
sich die beiden
Schritt vor Schritt
hinan die lange Straße,
die gar so löchrig ist.

Via dolorosa.

Engeltraud Zarbuch wurde 1932 in Pommern geboren und verbrachte ihre Jugend in Mecklenburg. Heute lebt sie in Chemnitz.

Rück Fahrt | *Iris Zimpel*

Es regnet,
ich rolle im Zug
den dunklen Wolken voraus.

In jedem
Tropfen am Fenster
zerrieselt grau sich das Licht.

Ankommend
auf einem Bahnhof
streift niedrig mich mein Horizont.

Iris Zimpel, geboren 1947 in Wittstock/Dosse, ist als Lehrerin an einer Lernbehindertenschule tätig. Ihre Gedichte wurden bereits in mehreren Anthologien, u. a. in Band III der Lyrik-Bibliothek, veröffentlicht.

Das Glück findet man gewiss nicht einfach so,
nein, man muss es suchen und weiß nicht wo,
manches Mal sogar ein Leben lang,
oft steht man dann mutlos an einem Abhang,
und oftmals findet man es nie.

Doch aufgeben, daran wird nicht gedacht,
das Glück nicht finden, das wäre doch gelacht,
also geht sie weiter die Suche nach dem Glück,
immer weiter nach vorne und niemals zurück,
und oft endet der Weg an einer Mauer.

Dann ein neuer Anlauf und dann mit einem Satz,
über die Mauer und weiter geht die Hatz,
aber wo ist das Glück denn nur hin?
Zumindest ist es nicht da, wo ich gerade bin,
und mutlos lege ich mich zur erneuten Rast.

Dann fällt es mir doch ein, das Leben ist das Glück,
den Weg den man beschreitet, das ist das Glück,
jeder neue Tag, jede neue Nacht, das ist das Glück,
Gesundheit, Zufriedenheit, Liebe, das ist das Glück,
der Himmel, die Sterne, die Sonne, der Mond,
das ist das Glück.

Frank Zumbrock wurde 1967 im Münsterland, Kreis Steinfurt, geboren. Dort ist er als Polizeibeamter tätig. Von 1997 bis 2001 absolvierte er ein Fernstudium bei der Akademie für Fernstudien in Hamburg.

Inhaltsverzeichnis

Berufs Richter / Frühling / Utopie | Richard Albrecht – 7
Hab eine Blume gefunden | Susanne Ulrike Maria Albrecht – 8
Lasten | Thomas Arnold – 9
Anno 2005 | Yvonne Arras – 11
War es nicht kleinlich, es als Größe zu sehen? | Robert Auer – 12
Herbstwind | Sebastian Balcerowski – 13
Liebe | Eva Barberá del Rosal – 15
ohne titel | Thomas Barmé – 16
Gipfelblick | Beate Loraine Bauer – 17
Der menschliche Zwiespalt | Linda Bauer – 18
Liebeserklärung | Ines Sonja Beck – 19
Und wenn sie nicht gestorben sind … | Mareike Beer – 20
Der Tag, die Tage … | Heinz Behnke – 21
Heimweh | Maria-Csilla Bekes – 22
Ohne Titel | Niels Biewer – 23
Was weißt Du? | Anne-Kathrin Binz – 24
Kontrolliert abzubrennen | Sebastian Bitterlich – 25
Plötzlich | Brigitte Bloyinski – 26
pulsstadt | Philipp Bobrowski – 27
Das immer sanfte Dunkel | Karin Boeckler – 28
Seele | Magdalena Bott – 29
Totalitär | Peter Brand – 30
Das Kaff | Sabine Brandl – 31
Im Seitenschiff | Almuth Breier – 33
Am Anfang der Erkenntnis | Marie Breinl – 34
Der Engel | Stephanie Brinckmann – 35
Harmonie | Ines Beatrix Brückle – 36
Aprikose | Heiner Brückner – 37
Ohne Titel | Beatrice Bucher – 38
Erste Blüte | Esther Bystrek – 39
Versponnen | Bettina Cassing – 40
Halbblut/Halfcaste | Linda-Jane Cropley – 41
Lebensmuster | Orla Danz – 42
Frühling | Ulrike M. Dierkes – 43

Verlust eines lieben Menschen | Klaudia Dietrich – 45
Zauberfeld | Nicolas Draenert – 46
Krieg und Frieden | Tatjana Drgala – 47
Brummelmatz im Zoo | Dieter Ebert – 48
Ankommen | Margret Ellerich – 49
Es wird dunkel in uns | Caro Engel – 50
vom schreiben | Markus Epha – 51
Oktember | Andreas Erdmann – 52
Mensch ärger' dich nicht! | Alice Esser – 54
Schneewittchen | et.cetera & p. p. – 55
Verzauberte Blumen | Irmgard Fader – 56
Engelzart | Sabine Fels – 57
Dein Schatten | Dirk Fettig – 58
Seelenknopf | Michael Fiam – 59
Woher kommst du? | Sonja Fiedler – 60
Sie | Anja Finkeldei – 61
Die Nacht | Norina Fisch – 62
Ohne Titel | Hans-Karl Fischer – 63
Die »unsichtbare« Reißleine | Regina Franziska Fischer – 65
Die Tage versickern in Minuten | Peter Fochmann – 67
Das letzte Jahr | Andrea Frank – 68
Eisberg | Ricardo Friedrich – 70
Zyklus der Gefühle | Inka La Loba – 71
Januar | Maren Gerlach – 72
Frei nach Dr. Eisenbart | Margaretha Giussoni – 73
Stille | Katja Göbel – 74
Dresden | Peter Ernst Golling – 75
Gerd | Bernhard Görnig – 76
Zwei Schlafende | Dimitris Th. Gotsis – 77
Fazit | Gerit Grahn – 78
Walpurgisnacht | Ingrid Groschke – 79
Natur | Horst Große – 81
Café | Elfriede Hafner-Kroseberg – 83
Nachklang | Heinz Peter Hamacher – 84
atme! | Alexander Härning – 85
stadt nomaden | Esther Hebein – 86
Die Liebe | Kerstin Heber – 88

der wächter | Martina Hegel – 89
Großstadtmeditation | Helmut Heiland – 90
Schmelz den Tag | Vera Heimann – 91
Der Kirschbaum | Josephine Heine – 92
Nachts in der Ferne | Maria Hengge – 93
Halbmond | Dörte Herrmann – 94
Dunkler Himmel | Detlef Heublein – 95
Kontraste | Andrea Hoffmann – 96
Vergangener Sommer | Michaela Hofmeister – 97
Zusammen | Frank Hohl – 98
Mantra zur Nacht | Matthias Höhnel – 99
Spuren | Enisa Hrbatovic – 100
Kontra-Punkt | Angelika Immerath – 101
Herz | Venera Isufi – 102
Gelähmte Flügel | Beatrix Jacob – 103
Das Meer | Uschi Janke – 104
Der Überredungskünstler | Roswita Jakopčević – 105
Wer auch immer Liebe schenkt | Manuel Jauth – 106
Zeit für sich selbst | Horst Jesse – 107
Winterfahrt | Kim Johannsen – 108
San Michele | Erhard Jöst – 109
Sonnenerwachen | Rebecca Junge – 110
Unbemerkt | Dagmar Katharina Kapela – 111
Kosmische Tänzer | Ingo Karwath – 112
Herbstweise | Brigitte Kemptner – 114
Erwacht | Jürgen Kirschner – 115
Gang der Abwägung | Klau|s|ens – 116
Wenn … | Kezia Bärbel Klawunn – 117
Rätselworte | Elisabeth C. Klock – 118
Utopie oder? | Ulrike Christa Köhler – 119
Schneeflocke | Iris Köhler-Terz – 121
Gott ist meine Lanze | Alexander Köhnlein – 122
Unverblümt | Jutta Kopischke – 123
Ich habe eine Frage | Isabel Kowol – 124
Hundertzwanzig Grad | Christian Krüger – 125
Nie mehr ohne Dich | Manuela Krüger – 126
Winterkindervollmond | Udo Kunstmann – 127

Kurz war die Zeit | Siegfried Kyek – 128
September | Jochen Langkabel – 130
Das Meer | Monika Laupus – 131
wenn der adler seine schwingen weitet | Lucia Lechner – 132
Wohin | Annemarie Lenkeit – 133
Kälte | Sibylle Lewin – 134
Schuldige | Tobias Lewkowicz – 135
Liebe | Wolfram Liebing – 136
Eiszeit | Hans-Joachim Liese – 137
Angespült | Leilah Lilienruh – 138
Hinterhofaktionen | Marina Linares – 139
Ohne Titel | Uta B. Lindenmeyer – 141
MorgenGrauen | Jan Lindner – 142
Lange | Juliane Link – 143
Eingefangene Augenblicke | Jan Lipowski – 145
Mir anheim gestellt | Bettina Valeska Lotsch – 146
Perlmutterlied | Bruno Adrian Lüscher – 147
Abenddämmerung | Elke Marx – 149
Zauberwort: Realität | Elisabeth Mascheroni – 150
Menschenjunges | Hergen Meiners – 151
Mein Sokrates | Frauke Meissner – 153
Nach dem Frühstück | Stefan Metzger – 154
Die vergessenen Verbesserungen | Samuel Meuter – 155
Liebe | Georgios Milonas – 156
Spieglein, Spieglein | Fabienne Müller – 157
Treppe hinauf | Beate Muschalla – 159
Die Irrungen | Viola Naffin – 161
HH | Franziska F. Naumann – 162
Feuerküsse | Natalie Neudert – 163
Traum | Matthias Neuhaus – 165
Winterinszenierung | Lonny Neumann – 166
Worte/erzählen | Marcus Nickel – 167
Das gekenterte Schiff | Cornelia Nietzschmann – 168
Das dritte Gesicht | Willi Noelle – 169
erschlagen | Katie Norrie – 170
Schablonenmeister | Norbert Nöthlich – 171
augenschau | Gabriele Oehrlein – 172

Zwischen dem Fallen des Laubes | Lydia Ollmer – 173
Wattfahrt | Gudrun Ottens-Schmidt – 174
Der Traumgarten | Angelika Pauly – 176
Träumer | Jan Pelz – 177
Wie viele Beine hat ein Käfer | Kerstin Petermann – 178
Die Andere | Antoinetta Petrov – 179
In meinen Träumen | Claire Plescher – 181
Seelen | Beatrix Pollum – 182
Tod eines Bruders | Sabine Preukschas – 183
Jene Hände | Astrid Probst – 184
Müh und Plag | Hedwig Protzek – 185
Neugier | Sandra Pulsfort – 187
Atmung | Pola Pulver – 189
So oft bin ich über die Steine gestolpert | Varinka Puth – 190
germania | Andreas Pytlik – 191
Helden taten | Peter Rahn – 193
La flamenca | Rosemarie Reimann – 194
Endspiel | Nicolai Renker – 196
Pfennige | Norbert Rheindorf – 197
Noch eine Winternacht | Peter Richter – 198
Traumtod | Wolfgang Rödig – 199
Wüstenblume | Helke Rose-Harjes – 200
Geschrei des Katers | Tobias Klingsor Roth – 201
Rezept zum Glücklichsein | Enzo S. – 202
Winterland | Martin Saumer – 203
das ende der liebesgedichte | Thomas Schafferer – 205
Wo bleibt die Zeit? | Christian R. F. Schaller – 206
Mein Weg | Heike Schiebeling – 207
Im Feld | Nora Katharina Schmid – 209
Sturm | Armin Schmidt – 210
In trüben Zeiten | Ute Schmidt – 212
Erst ganz langsam rollen Wagen | Stephan W. Schmidt-Marx – 213
An den einfachen Geist | Gunnar Lou Schmitt – 215
Vor meinen Füßen | Nelly Schmitt – 216
Ein paar Fragen | Jürgen Schoob – 217
Frühlingstrauer | Susanne Schulz – 218
die zeit ist reif | Heidi Schulze – 220

Es war der Mond | Sybille Schumann – 221
Verschont | Angelica Seithe-Blümer – 222
Die Stille | Dörthe Siemers-Wulff – 223
Sträflich | Rosa Speidel – 224
Wege, die sich nicht kreuzen | André Steinbach – 225
Schwung genommen | Ursula Strätling – 226
Gelb | Ina Strelow – 227
Begegnung auf der Straße | Alban Sturn – 228
An die Tänzerin | Martin Tanšek – 229
Ich habe schon einmal ein Schiff verspeist | Mehmet Tas – 231
Früher oder später | Gabriele Thiere – 232
Augenblick | Katharina Maria Thilke – 233
bazar | Cornelia Travnicek – 234
Veilchenduft | Thorsten Trelenberg – 235
Der Freiheit entgegen | Nina Urbanowitsch – 236
Die Wiese | Wolfgang Uster – 237
stockung | Inga Vietzen – 239
Prüfungssituation | Werner Vogel – 240
Aufbruch im Frühling | Susanne Voigt – 241
Was bedeutet Leben? | Sandra Wagner – 242
Tanz mit den Wolken | Michael Weber – 243
episodisches | Felix Weigand – 244
Angst | Gabriela Weil – 246
Träume der Welt | Isabel Weiland – 247
Bei Urlaubs in Alendorf (Vernissage 2000) | Sylvia Welker – 249
Pflanzenfresser | Volker Welz – 250
versteck | Henning Wenzel – 251
Der Sinn | Steven Whipcord – 252
Lebenslauf | Vera Widmer – 254
Seifenblasen | Gisela Wimmer – 255
Zur Lage des deutschen Sinfonieorchesters | Lino Wirag – 256
Das Tor | Hermann Wischnat – 257
Kommen und Gehen | Else Wussow – 258
Via dolorosa | Engeltraud Zarbuch – 259
Rück Fahrt | Iris Zimpel – 261
Das Glück suchen | Frank Zumbrock – 262

DIE LITERAREON LYRIK-BIBLIOTHEK

Schreiben Sie gerne Lyrik? Dann senden Sie uns doch Ihre schönsten Gedichte für unsere Lyrik-Bibliothek. Unser Lektorat wählt aus allen Einsendungen die gelungensten Texte aus und prämiert die besten drei mit Bücherpaketen. Die Veröffentlichung ist für Sie natürlich kostenlos.
Die Spielregeln: Pro Autor/in dürfen maximal 3 Gedichte eingereicht werden. Maximale Textlänge pro Gedicht: 1200 Anschläge bei höchstens 28 Zeilen; falls möglich bitte auf PC-Diskette. Den Beiträgen ist ein Anschreiben mit folgenden Informationen beizufügen: Name, Anschrift, Telefonnummer und eine Kurzdarstellung der Autorin / des Autors (max. 5–10 Zeilen), die für die spätere Veröffentlichung verwendet werden kann. Die Beiträge und die Unterlagen werden nicht zurückgesandt. Beiträge werden laufend angenommen, wir benachrichtigen Sie nach jeweils spätestens 6 Monaten.

Bitte senden Sie Ihre Beiträge an:

Literareon im Herbert Utz Verlag GmbH
Stichwort: Lyrik-Bibliothek
Adalbertstraße 57
80799 München

oder an: info@literareon.de

LYRIK IN LITERAREON

Tägliche Anfragen und zahlreiche Einsendungen von Gedichten haben uns in unserer langjährigen Tätigkeit gezeigt, wie groß das Interesse an Lyrik ist. Deshalb haben wir von Literareon diese Reihe für Sie entwickelt:
Ihr persönlicher Gedichtband mit kompletter Abwicklung und allen Serviceleistungen des Verlages für 1000,– Euro inklusive MwSt. – so erhalten Sie einen ansprechend gestalteten Band im handlichen Taschenbuchformat mit Ihren Gedichten.
Bereits ab 24 Gedichten können wir Ihr Buch verwirklichen – bis zu 40 Gedichte sind möglich. Bei umfangreicheren Gedichten, die mehr als einer Seite bedürfen (mehr als 28 Zeilen zu je max. 50 Anschlägen), haben Sie entsprechend 40 Seiten zur Verfügung. Nach ca. zwei Monaten halten Sie Ihren 52-seitigen Lyrikband in Händen, der im Buchhandel für 9,95 Euro erhältlich ist. Sie können jederzeit beliebig viele Bände zu Ihrem Autorenpreis mit 30% Rabatt (also zu je 6,97 Euro) beziehen – bei Ihrer Erstbestellung sogar einmalig mit 50% Rabatt (zu je 4,97 Euro).
Weitere Informationen finden Sie unter www.literareon.de, oder rufen Sie uns einfach an: 089-307796-93.

Angebot freibleibend, Änderungen vorbehalten